ふしぎの花園

シスターランド

サラ・シムッカ 作
サク・ヘイナネン 絵
古市 真由美 訳

西村書店

すべてのわたしのソウルシスターへ、
変わらずにいてくれた人も、
わたしがうしなった人も、
わたしが取りもどした人も。

SISARLA: Seikkailu toisessa maailmassa
Text by Salla Simukka
Illustrations by Saku Heinänen

Original edition published by Tammi Publishers, 2016

Japanese edition published by agreement with Salla Simukka,
Saku Heinänen and Elina Ahlback Literary Agency, Helsinki, Finland
through Japan UNI Agency, Inc., Tokyo

This translation has been published with the financial support of FILI.

FILI FINNISH LITERATURE EXCHANGE

シスターランド ◇ 目次

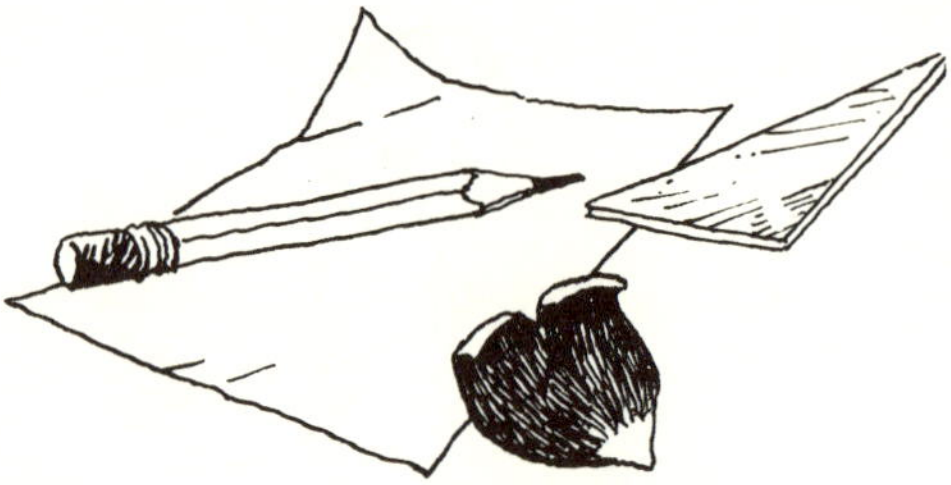

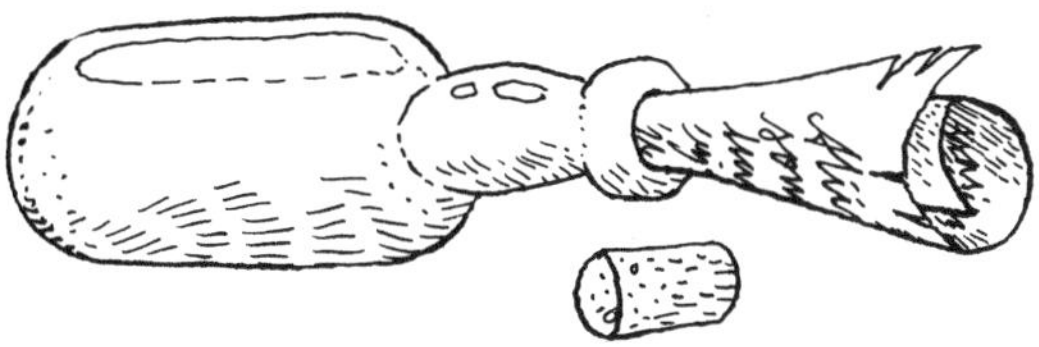

◇

「へんてこりんな夢《ゆめ》を見ちゃった！」アリスは言って、自分の経験《けいけん》した不思議な冒険《ぼうけん》物語について、思い出せる限《かぎ》り詳《くわ》しく話して聞かせる。話し終わると、姉が妹にキスをして、こう言った。「本当に、へんてこりんな夢ね――でもそろそろ、あなたのお茶の時間が終わっちゃうわ。いそいでおうちにお帰りなさい」それでアリスは起きあがって駆《か》けだした。懸命《けんめい》に走りながら夢のことを思い出して、ああ、なんてすごい夢だったんだろうとドキドキしている。

『不思議の国のアリス』より（ルイス・キャロル 作　杉田七重 訳　西村書店）

「だから……だからね」息を切らしてつづけます。「どこか、ツタのかげにでも、とびらがかくれてるんだとしたら、みんなにはないしょにして、わたしたちでこっそりみつけられたらいいなと思ったの。こっそりなかに入って、とびらを閉《し》めて、わたしたちがそこにいるってことを、だれも知られないようにして、そこをわたしたちだけのお庭にするのよ。たとえば……たとえば、わたしたちはツグミで、お庭はわたしたちの巣だって思うの。そして、毎日のようにそこで遊んで、土をほって、種をまいて、お庭を生きかえらせて――」

『秘密《ひみつ》の花園』〈新装版《しんそうばん》〉より（バーネット 著《ちょ》　野沢佳織 訳　西村書店）

雪のひとひらはどんどん大きくなって、ついには女の人のすがたになりました。星とかがやく羽毛を何百万も集めてつくられたかのような、すばらしい純白《じゅんぱく》のうすぎぬを身にまとっています。その人はとても美しく、気品にあふれていましたが、体はまぶしくかがやく氷でした。それなのに、生きているのです。こちらをみつめる目はふたつのきらめく星にも似《に》て、しかし目のなかにはおだやかさも、やすらぎも感じられないのでした。

「雪の女王」より（アンデルセン 作　古市真由美 訳）

第 1 部

友だち

1 雪が多すぎる

雪の上にいっぴきのトンボがいて、にじの七色にかがやく羽をふるわせている。それに気づいたとき、アリーサは学校からの帰り道だった。

ありえない、とアリーサは思った。トンボ？　あたりいちめん雪がつもって、ものすごく冷えこんでいる、こんな季節に？　夏が終わってからいままで、どうやって生きのびてきたんだろう。それに、外にいたら寒さでどうなるかわからないのに。

それにしても今年の冬は、ほんとうにようすがおかしかった。九月の終わりには、もう初雪がふった。でも、それだけならときどきあることだから、おかしくはない。ふだんとちがっていたのは、ふった雪がつもって、そのまま地面に残ってしまったことだ。はじめのうちは、白い雪の毛布《もうふ》が、こおりついた地面にうっすらとかぶさっているだけだった。けれど、そのあとも雪はどんどんふってきた。やまずにふりつづけた。

最初はみんな、大喜びだった。十月になっても、どろだらけのぐちゃぐちゃにはならなかったし、十一月がきても、どんより暗くはならなかったのだから！　あたりの景色に、雪がふわりとホイップクリームをかぶせてくれた。なにもかもがまっ白で美しく、きらきらときらめいていた。

雪はますます深くつもっていった。子どもたちは、まず雪だるまをつくり、それからその家族をつくり、最後には親せきをつくった。雪のお城《しろ》のまわりには、道路や城壁《じょうへき》や水路のある、雪の町ができあがっていった。雪で迷路《めいろ》をつくる人もいた。迷路《めいろ》のかべはみんなの頭より高くそびえ、中に入ってしまうと、白くて冷たいかべのほかにはなにも見えなくなって、ほんとうに出られなくなりそうだった。

学校の校庭は、どうくつやトンネルや、氷のすべり台や雪の山がいくつもある、大きな雪の遊び場になった。新聞やテレビのニュースでは、大雪とひどい寒さを心配していたけれど、ほんとうはだれもが、いつもとちがう冬を心から楽しんでいたのだ。はじめのうちは。

十二月になるころには、雪がつもりすぎてふつうの暮《く》らしがむずかしくなってきた。マンションでは、一階の窓《まど》から外がほとんど見えなくなってしまった。一軒家《いっけんや》に住んでいる人は、家が雪にうもれてしまわないように、毎日、何時間も雪かきをしなければならなくなった。道路につもった雪をきれいにどかしておきたくても、いなかの村や小さな町では手がまわら

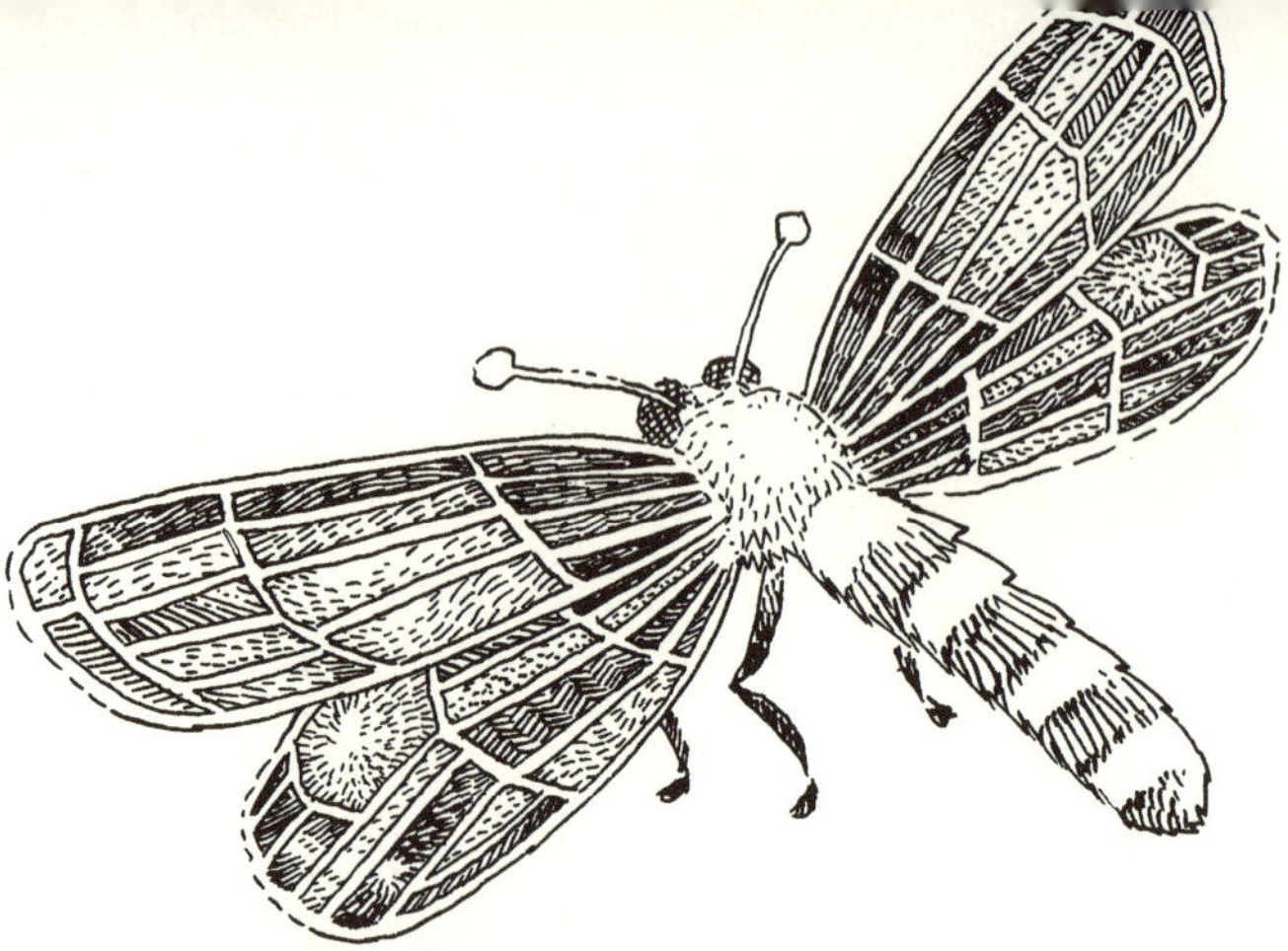

ず、そういう場所に住む人たちは、よそへ避難《ひなん》するさわぎになった。
なかには、よそへいくのをいやがって、家に残る人もいた。そして、まるでむかしの人みたいに、じょうぶなスキー板を手に入れ、いちばん近い店まで何十キロもスキーをすべらせて暮《く》らすようになった。
木々の枝《えだ》は雪がずっしりつもったせいで折れはじめた。雪の重みでたおれた木が電線にぶつかって、切れてしまうこともあった。雪にうもれた線路をどうすることもできず、鉄道はまったく使えなくなった。ほんもののホワイト・クリスマスになったらすてきだな、なんてうっとり考える人は、クリスマスが近づくほど少なくなっていった。
雪はもう、人間の友だちではなかった。戦わなくてはならない敵《てき》になった。敵《てき》でなくても、苦労していっしょにやっていくしかない相手だった。なにもかもがのろのろとしか進まず、どんなことでも前より時間がかかってしまう。朝は、服を重ね着するのに時間を取られてしまうし、みんなゆっくりとしか動けないので、仕事や学校にでかけるのも、とてもたいへんだ。じわじわときびしくなっていく冷えこみは、そっとしのびよってくる恐怖《きょうふ》のようだった。

不安な気持ちがおなかの底で目をさまし、頭の中や夢《ゆめ》の中へも入りこんでくる。思いきって外へ出ても、白くかがやく重くるしい静けさと、ひどくなるばかりのおそろしい寒さが、あら

ゆる場所にどっかりといすわっている。

国じゅうどこでも、寒さはひどくなるばかりだった。気温はマイナス二十度くらいまで下がっている。もしも電力が不足して、すべての家をあたためられなくなったら、どうなるだろう。

だれもがつねに寒さにふるえているせいで、おたがいにいじわるな気持ちを持つようになっていた。みんな表情《ひょうじょう》が動かない。にっこりほほえむことも、なにかに感動することも少なくなった。たまに声をあげて笑っても、その声はふだんよりとげとげしく、わざとらしい感じで、冷たかった。まるで、人間も体の内側からこおりついてしまったかのようだ。

アリーサには、おぼえているかぎり小さいころから、空想の友だちがふたりいた。ひとりは〝鏡のアリーサ〟、もうひとりは〝影《かげ》のアリーサ〟だ。〝鏡のアリーサ〟は鏡にうつった自分のすがたで、〝影《かげ》のアリーサ〟は自分の影《かげ》だった。ふたりともほんとうはいない、とわかっていても、アリーサはしょっちゅう心の中で友だちに話しかけていた。

ところがある日気がつくと、影《かげ》が消えてしまっていたのだ。どこにも見あたらない。よく見ると、ほかの人たちの影《かげ》も消えている。雪あらしのあいまに太陽がかがやいても、雪の上には人間の影《かげ》がひとつもあらわれない。

アリーサはそのことをパパとママに話したが、ふたりとも、そこらじゅうがまっ白だから、影《かげ》がどこにあるか見わけがつかないだけだ、といった。そんなのおかしい、話があべこべじゃない、とアリーサは思ったけれど、なにもいわなかった。

そんなわけで、今年の冬はなにもかもがとても変だった。けれど、いまの季節にトンボがいるなんて、ほかのどんなことよりもっと変だ。オオカミだったらわかるけど。アリーサはスマートフォンを取りだした。きびしい寒さの中でも生きられるめずらしい種類のトンボがいるか、インターネットで調べようと思ったのだ。

アリーサは十一歳《さい》。十一歳《さい》というのは、なかなかむずかしい年ごろだ。子どもとおとなのあいだにはさまって、まだ小さすぎるか、もう大きすぎるか、いつでもそのどちらかになってしまう。

それにおとなはみんな、十一歳《さい》ではまだ、生きていくのがどういうことかも、世界がどんなものかも、なにも知らないと思いこんでいるみたい。だけどそんな考えはまちがってる。まちがっていないなら、そう思っている人たちは、自分が十一歳《さい》のころどんなふうだったかわすれてしまっただけ。

でもアリーサは知っている。十一歳《さい》だということは、バラのしげみにかこまれた小屋をおとずれようとするようなもの。小さいころからおなじみの場所だったのに、とつぜん小屋のまわりのバラに、とげがいっぱいはえてきた感じがする。美しくて、うっとりするほどすてきで、いい香《かお》りがして、だけどとげがいたいのだ。

インターネットは、冬でも生きているトンボについて、なにも教えてくれなかった。指が冷たくなってきて、アリーサはスマホをポケットにもどすと、いそいで手袋《てぶくろ》をはめた。スマホを見ているうちにトンボはいなくなってしまった。そんなの、あたりまえよね。写真をとっておくことも思いつかなかったなんて。

そのとき、ほかにもふつうとちがうことがあるのに、アリーサは気づいた。

雪の上に、犬の足あとがついている。その足あとは、なにもないところからいきなりはじまっている。まるで空から犬が落ちてきて、そのまま雪の中をのんびり歩いていったみたい。アリーサは足あとをたどって、小さな森の中へ入っていった。森はアリーサが住んでいるマンションのすぐうしろだ。あたりはもう暗くなりかけている。きびしい寒さが、ほほにするどいつめをたててくるようだ。

アリーサはふと、これってまずいかも、と気がついた。犬の足あとのそばに、人間の足あとがついていないのだ。放《はな》し飼《が》いの犬にちがいない。犬はべつにこわくないけれど、放《はな》し飼《が》いの犬は、なにをするかわからないときがある。アリーサの足どりがおそくなった。

飼《か》い主《ぬし》といっしょではない、知らない犬がいるかもしれない森へ入っていくなんて、やめたほうがいいかな？　もっとよくたしかめようと、かがみこんでみる。こんなに大きな足あとはめずらしい。ふいに、何度も読んだ自然図鑑《ずかん》の写真が、頭の中によみがえった。

アリーサにはわかった。

これは犬の足あとなんかじゃない。オオカミの足あとだ。

大きなオオカミが、目の前に広がる森のかげにかくれて、アリーサを待ちぶせしている。

アリーサは足を止めた。一歩うしろに下がる。そのときだった。

2 花園の門

いきなり、足もとの雪がくずれた。アリーサは腰《こし》まで雪にうまり、たすけて、とさけぶひまもなく、さらに下へと落ちはじめた。やわらかくて冷たくて、まっ白な雪の中を、ものすごいスピードでぐんぐん落ちていく。

どれくらい時間がたったのかわからないほど長いこと、アリーサは落ちつづけた。途中《とちゅう》でねむってしまったか、気絶《きぜつ》していたかもしれない。アリーサは何度も、こんなの変だ、と思った。とっくに地面にぶつかっているはずなのに。こんなに深く雪がつもるなんて、あるわけがないじゃない。地面にものすごく大きな穴《あな》があいて、そこに雪がどっさりつもっていたとしても、やっぱり変だ。

まわりはどこもまっ白だったが、それがとつぜんまっ黒になり、暗くてなにも見えなくなった。やわらかい場所に、アリーサはあおむけに落っこちた。そのまましばらく気をうしなっていたらしい。やがてまぶたをあけたとき、目にとびこんできたのは星空だった。なにがなんだかわからずに、アリーサは知っている星座《せいざ》をさがそうとした。北斗七星《ほくとしちせい》は、オリオン座《ざ》は……。けれど、どこにも見あたらない。星はどれも見たことのない位置にちらばっている。アリーサが見ているのは、どこか知らない国の星空だった。

そのうちに、星座《せいざ》よりもっとおかしいことがあるのに気がついた。空にうかんでいる三日月が、ひとつではなく、三つあるのだ。ひとつは大きくて、ほかのふたつはちょっと小さい。いちばん大きな三日月は、アリーサが知っている世界の月にくらべると、四倍ほどの大きさだ。さらには満月もふたつある。

ここは、月が五つある世界なんだ。アリーサはびっくりしながらそう考えた。

つぎにアリーサが気づいたのは、とてもあたたかい、ということだった。あせをかいてしまい、ダウンジャケットと、重ねているズボンを一枚《まい》、ぬぐことにした。体をおこすと、そこはやわらかな草地だった。手で草むらをなでてみる。こんなにやわらかい草には、いままでさわったことがない。

ジャケットと、重ねていたズボンをぬいでしまうと、アリーサはひどくつかれているのを感じて、もう一度草の上にあおむけになった。アリーサをつつみこんで、あたたかな夜がすぎていく。どこからかバラの香《かお》りのする静かな歌声が聞こえてくる気がする。

いままで見た中で、いちばんおかしな夢《ゆめ》だな、とアリーサは思った。

そのとき、目の前にみおぼえのあるものが飛んできた。

にじの七色をした羽を持つトンボだ。アリーサの顔の上にうかんだまま、金色の目でじっとこちらを見ている。アリーサはうれしくなって、声をかけようとしたが、そのとたんトンボがみるみる大きくなりはじめた。

広げた羽のはしからはしまでが一メートルにもなって、体は長くのび、はばも広がり、頭はどんどん大きくなっていく。やがて、トンボのすがたがべつのものに変わりはじめた。

頭にもじゃもじゃと毛がはえて、大きくなった触角《しょっかく》は先がとがって耳になり、羽が背中《せなか》にたたまれて毛皮に変わる。金色をした大きな虫の目は小さくなり、目つきがするどくなる。

いまアリーサの肩《かた》のわきにあるのは、大きなけものの足だ。顔にあたたかい息がふきかけられるのを感じる。その息は森のにおいと、えものの動物のにおいがする。

アリーサを見つめる金色の目は、オオカミの目だった。

あまりにびっくりしてしまい、アリーサはこわいとも思わなかった。

オオカミの目は、ますますじっとこちらを見つめてくる。ふいにアリーサは低くかすかなうなり声を聞きとった。声はまるで、頭の中、心の中にひびいてくるようだ。

立つがいい。これは、夢《ゆめ》ではないのだ。

アリーサはオオカミのあとについて歩いていた。オオカミはときどきふりかえり、ついてこい、というようにしっぽをふっている。

オオカミがいったとおりなんだと、アリーサにはわかった。これは、夢《ゆめ》じゃない。どうしてこわいと思わないのか、自分でもふしぎだったが、なぜかこわい感じはしなかった。それがなによりふしぎなことだ。雪の中に落ちて、べつの世界にきてしまい、どうすれば帰れるのかも、そもそも帰ることなんてできるのかも、わからないのに。アリーサが帰ってこないので、パパもママもすごく心配しているだろう。

けれどそんなことはアリーサの頭からすぐに消えてしまった。ほんとうのことをいうと、いまから冒険《ぼうけん》がはじまるんだという思いで、体じゅうの毛の一本ずつまでもが、ぞくぞくしていたのだ。

なにがほしいといって、ほんものの冒険《ぼうけん》ほどアリーサが望んでいたものはない。ついにそれが目の前にやってきた。めいっぱい楽しまなくちゃ、アリーサはそう思っていた。

草地のはずれまでくると、枝《えだ》をしげらせた木が立ちならんで、夜空にとどきそうなほど高くそびえているのが見えた。鉄のフェンスが草地と木々をへだてている。アリーサとオオカミはフェンスの門に近づいていった。門のとびらには、くねくねしたもようがいっぱいにえがかれている。

「ここはいったい、どういう場所なの?」

アリーサはオオカミに聞いた。

オオカミは足を止め、しばらく後ろ足で耳をかいていたが、やがてつぶやくようにいった。

この国の名は、シスターランド。この門の向こうには、ふしぎの花園がある。おまえはひとりで花園に入らなくてはならない。われわれスデンオレントの一族は、呼《よ》びだしを受けないかぎり、ふしぎの花園に足をふみいれることができないのだ。

「わたしがあなたを呼《よ》びだすことはできる?」

アリーサがたずねると、オオカミは首を横にふった。

いまはまだ、できない。それができるようになるのは、おまえがふしぎの花園の正式な住人になったときだ。

アリーサはとびらをあけようとしたが、かぎがかかっていた。それに、穴《あな》がたくさんありすぎて、どれがただのかざり穴《あな》で、どれがほんとうのかぎ穴《あな》なのか、さっぱりわからない。

「わたし、かぎなんて持ってないし」

するとオオカミが、のどの奥《おく》からしぼりだすような声をあげはじめた。つやつやした毛皮につつまれた体が急に大きくのたうって、病気の発作かな、とアリーサは心配になった。オオカミの目が熱っぽく光っている。

やがて口からなにかをはきだすと、オオカミはぐったりと草の上に横たわった。それは、かぎだった。アリーサはかぎを手に取り、狩《か》りとえもののにおいのするオオカミの口のあわをTシャツのすそでぬぐいとった。

それは第一のかぎだ。三つのうちの、ひとつめだ。すべてのかぎを手に入れるがいい。おまえがそのひとつずつを必要とするときが、きっとくるだろう。

オオカミはもう一度、口からなにかをはきだした。ウサギの骨《ほね》のようだ。オオカミはしばらく首をかたむけていたが、やがて骨《ほね》をうめようと草地に穴《あな》をほりはじめた。

「ありがとう」

アリーサはそういったものの、どうしたらいいのかわからなくて、かぎを持ったまま門の前に立ちつくしていた。

このかぎがぴったり合うかぎ穴《あな》はどれかなんて、どうやったらわかるんだろう？　いくつかの穴《あな》にかぎをさしこみ、とびらをあけてみようとしたけれど、どんなに引っぱってもびくともしない。

アリーサのうしろでオオカミがためいきをついた。ふりかえると、オオカミがささやいた。

おまえの名はなんという?

「アリーサだけど」

答えはそこにある。

アリーサには意味がわからなかった。門のほうへ向きなおる。あてずっぽうでひとつの穴《あな》をえらび、かぎをさしこむと、大声でさけんでみた。

「ひらけ、アリーサ!」

やっぱり、とびらはこれっぽっちもひらかない。とびらにえがかれている、くねくねしたもようにさわっているうちに、アリーサはふとひらめいた。

これ、もようじゃなくて、文字なんだ。きれいなかざりみたいだし、あまりにもくねくねしているから、ほんとうはなんなのか、すぐにはわからなかっただけ。

アリーサは、自分の名前の最初の文字、Aを見つけだすと、その穴《あな》にかぎをさしこんで、まわしてみた。とびらはとじたままだ。すこし考えてから、今度はLをさがしだし、つぎに

I、もう一度I、それからS、最後にまたAにもどる。ALIISA――アリーサ。文字のかぎ穴《あな》にかぎをさしこんでは、まわした。

すると、ネコの鳴き声にそっくりな音がして、とびらがひらいた。アリーサはうれしくなって、オオカミのほうをふりかえった。オオカミは、ちょっぴり心配そうな顔をしながらも、アリーサのまなざしを受けとめてくれた。

いくがいい。

オオカミがはげましてくれる。

アリーサが門から中へ足をふみいれると、とびらはひとりでにしまり、音をたててかぎがかかった。

アリーサはもう一度ふりかえった。やさしく気づかいにみちたオオカミの目が、暗い夜の中でかがやいている。オオカミをフェンスの向こうに残していくと思うと、アリーサは胸《むね》が痛《いた》くなった。そして、呼《よ》びだすことができるようになったら、すぐにスデンオレントを中に入れてあげよう、と心に決めた。

それから一歩、前に進んで、いまやアリーサはふしぎの花園の中にいた。

3 わたしの花園を歩いてるのはだれ？

花園の奥《おく》へと進むほど、アリーサのおどろきは大きくなった。ふしぎの花園は、めまぐるしくすがたを変えていく。

うす暗くてひんやりとした、黒っぽい原始林《げんしりん》の中を歩いていたかと思うと、いくらか進んだだけでもう、あたたかくしめった空気につつまれた、あざやかな色あいのジャングルに変わっている。それがとつぜん、花のさきみだれる草原になって、色とりどりのチョウチョウが飛びまわる。すこしいくと、今度はオークの木の林が広がり、ドングリをくわえたリスの家族が、ふとい木の幹《みき》を走りまわっている。

かぞえきれないほどの池や泉《いずみ》が、ふいに目の前にあらわれる。木々のあいだをくねくねと進む小道、いくつもの滝《たき》や橋。木の枝《えだ》と枝《えだ》がからまって、ドームやロープウェイのよう。つる植物、大きなバラのしげみ、岩やほら穴《あな》、木の上や花だんのそばにたてられた小屋。

野原はまるで、風にふかれてダンスしているみたい。トネリコの木は枝《えだ》を広げ、枝《えだ》から枝《えだ》へわたっていけば、地面におりなくても、どこまでも歩いていけそう。ツタをあんだブランコ、ホタルのあかりに照らされた空き地、白いユリの花にふちどられた森の道。

アリーサは、重たいブーツと毛糸のくつ下をぬぎすてて、はだしになって歩いていた。それでも、石ころや木の枝《えだ》やまつぼっくりをふんでしまうことは、一度もなかった。アリーサの足はおどろくほどしっかりと、どこを歩けばいいか見つけだした。

まるで、花園の小道も木の根っこも、前からよく知っていたみたい。この花園は、何度も見たのに目がさめているときはわすれている夢《ゆめ》のように、なつかしい気がする。

アリーサは、つかれていたことなどすっかりわすれて、口笛をふきながら小道を歩いていった。うきうきして、足がひとりでにスキップしてしまう。そのとき、まつぼっくりがひとつ、目の前にころがりおちてきた。アリーサは顔をあげた。大きなアカマツの枝《えだ》に、アリーサと同い年くらいの女の子がすわって、こっちを見おろしている。

「わたしの花園を歩いてるのはだれ？」女の子がいった。

「ここ、あなたの花園なの？」アリーサはびっくりしてたずねた。

女の子がすばやく木からおりてくる。やがて地面に立つと、はがれおちた木の皮を手のひらからはらいおとして、こういった。

「だって、わたし以外の人は一度も見かけなかったもん。だから、ここはきっとわたしの花園なんだって思ってた」

「へえ、そうなの」

女の子は考えこんだようすでアリーサを見ている。いきなり、声をあげて笑いだした。

「ほんとのことというと、ついさっき、ここにきたばかりなんだけどね」

女の子は茶色の髪《かみ》を長くのばしていて、前髪《まえがみ》が目にかかっている。その目はアリーサが見たこともないくらいあざやかな緑色だ。上は長そでシャツ、下はロングパンツという、下着のような服を身につけていて、そでとパンツのすそはまくりあげている。

「メリよ」女の子がいった。

〝メリ〟というのはフィンランド語で〝海〟という意味だ。名前を教えてくれたんだ、とアリーサが気づくまでに、すこしかかった。

「アリーサよ」アリーサもいった。

そのあとなにをいえばいいかわからずに、ふたりはしばらくじっと見つめあっていた。

会ったばかりの人となかよくなるのが、アリーサはあまり得意ではない。そんなときはいつも、頭の中におかしな考えばかりがうかび、変な子だと思われたらどうしようと不安になって、考えを口に出すことができなくなってしまう。

「歌うバラの花は、もう見た？」メリがたずねた。

アリーサは首を横にふった。ほかの場所にいるときなら、メリの質問《しつもん》はすごく変だと思うだろう。でも、ここはシスターランド。メリのことばは、なんでもないことのように聞こえた。

「きて。見せてあげる」

メリはアリーサの手を取ると、小道を歩きはじめた。小道の上には木々がアーチのようにおおいかぶさっている。木の幹《みき》は、むらさき色の花でうめつくされていた。

「どうやってここにきたの？」歩きながら、アリーサはメリに聞いた。

「トンボを見かけて、あとをおいかけたの。そしたら雪の中に落っこちて、この世界にきちゃったんだ」

「わたしも同じ！」

メリもスデンオレントからかぎをもらったと話してくれた。やはり、自分の名前をしめす文字のかぎ穴《あな》にかぎをさしこみ、まわしたら門があいたという。

「でもわたしたち、どうしてここにいるのかな？　なにか理由があるはずだけど」

アリーサは考えていることを声に出していってみた。

「うん、ぜったいに理由があるよね。でも、そのうちきっと、わかるときがくるよ」

「なんでそんなに落ちついていられるの？」アリーサはおどろいてたずねた。

「ぜんぜん落ちついてないよ」メリは笑っている。「もう、めちゃくちゃにわくわくしてる。だってこれ、冒険《ぼうけん》だもん！　ほんものの冒険《ぼうけん》がしてみたいって、ずっと思ってたんだから。アリーサはちがうの？」

「わたしだって、同じよ」

アリーサはこたえ、心からそう思っていることを伝えたくて、メリの手をぎゅっとにぎりしめた。

歌うバラは大きなしげみになっていて、ふたりはその中にもぐりこんだ。

さきほこるバラの花は色とりどりで、ふしぎなながめだ。一本の枝《えだ》に、白い花と赤い花がならんでさいていたりする。とびきりまぶしい白から、このうえなく暗い血の赤まで、ありとあらゆる色あいの花がある。なかには、花びらのはしのほうがほのかにあわいバラ色で、まんなかは火のようにあざやかな赤という花もあった。

ただ、アリーサの耳に歌声は聞こえなかった。

「歌ってないみたいだけど？」しげみの中にメリとならんですわりながら、アリーサはたずねた。

「しいっ。待ってて」メリが声をひそめていった。

ふたりとも静かになった。

ほどなく、それがはじまった。はじめのうち、歌声はとても小さくて、アリーサは空耳かもしれないとさえ思った。けれど歌声はだんだんと力強くなっていった。

バラの花たちが、ほんとうに歌を歌っている。声もメロディーも、一輪ずつぜんぶちがっていて、それなのに全体がぴったりとひとつになり、完璧《かんぺき》なハーモニーをかなでている。それがなによりふしぎなことだった。

バラたちの歌にことばはなく、かわりに香《かお》りがついていた。香《かお》りも花によってぜんぶちがう。バラの香《かお》りのほかにも、ありとあらゆるすてきなものの香《かお》りがした――レモン、ジンジャー、シナモン、バニラ、朝露《あさつゆ》、かりとったばかりの草、洗《あら》いたての

せんたくもの、日ざしにあたためられた針葉樹《しんようじゅ》の森、ブルーベリー、夜の雨、湖をわたる風、秋の朝。

「ここは、世界でいちばんふしぎな場所だね」

アリーサは聞きとれないくらい小さな声でささやいた。

それからふたりは、バラのしげみのまんなかにねどこをつくると、あっというまに深いねむりに落ちていった。

空の上では、シスターランドの五つの月が、やさしくかがやいていた。

4 風の子と夢織《ゆめお》り

つぎの朝、目をさましたアリーサとメリは、すぐにでかけることにした。ふしぎの花園のことを、もっとよく知りたくてたまらない。

野原にいくと、妖精《ようせい》みたいな小さな生きものの群《む》れが、ふたりのところへふわふわと飛んできた。手には、パンやスープ、いろいろな種類の小さなソーセージ、それにチーズを持っている。

「ありがとう」アリーサはおどろいていった。「あなたたち、いい妖精《ようせい》?」

「いいえ、ちがいます」

ひとりがこたえると、みんながそれにつづき、その声はこだまのようにひびいた。「ちがいます……ちがいます……ちがいます……」

「じゃあ、なんなの?」今度はメリが聞いた。

「わたしたちは、風の子です。きょうの風向きは北西だから、〝とくせいランチ〟をみなさ

んにくばってまわるんです」

アリーサとメリは顔を見あわせた。

「それじゃ、ほかの方角から風がふいているときは？」ふたりは声をそろえてたずねた。

「南風なら、なみなみとついだ飲みものをくばります。風向きが南西なら、料理が完成するときです。北東の風なら、特等の席をご用意します。南東の風のときは、なんとうれしいと喜ばれるおくりものをします。北風のときは、お客さんがきたかこないかたずねます。東風のときは、日がしずむまで飛びつづけます」

風の子たちはふたりのまわりを飛びまわりながら、岩や切り株《きかぶ》の上に食器をならべ、野原にブランケットをひろげてくれた。アリーサとメリはすわって食べることにした。パンをひときれ食べたところで、アリーサは思いついてたずねた。

「西風がふいたら、どうするの？」

風の子たちはしんと静まりかえった。顔つきがみるみる悲しげになり、青ざめてしまっている。

「そのときは、なげきのときです」

「どうして？」

「西風は死の風だからです。西風の名に、〝死〟ということばが入っているでしょう。西風がふくと、もうわたしたちのそばにいないきょうだいのことを、思いだしてしまうんです」

風の子たちは、お葬式《そうしき》の鐘《かね》のような低くしずんだ音をたてて、羽をふるわせている。けれども、しばらくするとまた元気を取りもどした。

「でも、いまは北西の風、〝とくせいランチ〟の風です。ほかにもおなかをすかせている人たちがいますから、いってきますよ！」

ごちそうを楽しんでいるアリーサとメリを残して、風の子たちはどこかへ飛んでいってしまった。

「ここって、頭がおかしくなりそうなくらいすてきな場所だよね」そういうと、メリは声をたてずに笑った。「頭がおかしくなりそうなのと、すてきなのと、どっちもほんと」

アリーサは口いっぱいにソーセージをほおばりながらうなずいた。


食べおえるとふたりはまた歩きだし、やがてオレンジの木が立ちならぶ果樹園《かじゅえん》にやってきた。すっぱくてあまい香《かお》りがたちこめていて、うっとりしてしまう。木々のあいだの、緑色とオレンジ色の木かげに、はた織《お》り機が何十台もならんでいた。はた織《お》り機の前にひとりずつだれかがすわり、布《ぬの》を織《お》っている。みんな年をとっていて、髪《かみ》は白くて長く、着ている服は白くて長いガウンのようで、男か女かはよくわからなかった。

アリーサとメリはそのひとりに近づいてみた。金と銀の糸で布《ぬの》を織《お》っている。

「あなたたち、だれなの？」メリが聞いた。

「われらは、夢織《ゆめお》り」相手はこたえた。「とびきり美しくて、とびきりふしぎな夢《ゆめ》を織《お》りあげるのだよ。無意識《むいしき》の細い糸やふとい糸を見つけだし、それを使って夢《ゆめ》の布《ぬの》を織《お》る。その布《ぬの》にくるまれば、夢《ゆめ》の秘密《ひみつ》の王国にいける布《ぬの》を」

ちょうど布《ぬの》が一枚《まい》、織《お》りあがろうとしている。

「これはどんな夢《ゆめ》を織《お》ったの？」アリーサは知りたくてうずうずしていた。

夢織《ゆめお》りは、はた織《お》り機から布《ぬの》をはずし、アリーサたちに見せてくれた。木々の葉のすきまからふりそそぐ日の光が織《お》りあがった布を照らすと、金色のドラゴンのすがたがうかびあがった。

「遠いむかし、ふしぎの花園の空には、ときおりドラゴンたちが飛んできた。威厳《いげん》にみちた、気高《けだか》い生きものたち。けれど、それから何十年も、何百年もたち、いまではもう、ドラゴンが飛びまわるのは夢《ゆめ》の中だけになってしまった」

夢織《ゆめお》りは布《ぬの》をアリーサたちにさしだした。

「受けとっておくれ。あんたがたの夢《ゆめ》の中なら、ドラゴンが飛ぶのにちょうどよさそうだからね」

ふたりはおれいをいっておくりものを受けとった。布《ぬの》は軽くてやわらかく、ねむりに落ちる瞬間《しゅんかん》の、やさしくなでられる感じにそっくりの手ざわりだった。


アリーサとメリは、〝なぜなぜ花〟にも出会った。頭のてっぺんの羽が長くのびているタゲリという鳥に似《に》た形の、とても変わった花で、質問《しつもん》ばかりしている。「いまのはだれ？いまのはなに？どこへいったの？どこからきたの？なんていったの？」

それから、〝コケムシタ〟や〝木の皮けずり〟や〝トビハネ〟、さらに〝音楽草〟や〝夜の番人〟や、ありとあらゆる生きものがあらわれて、最初の一日ではとても名前がおぼえられないほどだった。ふしぎの花園はさまざまな住人でいっぱいだ。小さいのや大きいの、よたよた動くへんてこなやつ、美しいすがたでとおりすぎるもの、それにシカからトガリネズミ、クマからツバメまで、いろいろな森の生きものもいる。

まるで、世界じゅうのおとぎ話の本に出てくる生きものたちが、みんなそろって暮《く》らす家をここに見つけたかのようだった。しかも、みんなはおどろくほどなかよくやっているようだ。ときどき、ちょっとしたいいあいや、口げんかはするけれど、大きなあらそいは起きていない。それに、ふしぎの花園の住人たちには、アリーサやメリの世界の人間たちがなくしてしまった、なにかがそなわっている気がする。もしかするとそれは、ぬくもり――体の内側と外側の、ぬくもりかもしれなかった。

日がすぎていった。北西の風がつづき、アリーサとメリは毎日おいしい〝とくせいランチ〟を食べることができた。夜はふたりでドラゴンの布《ぬの》にくるまってねむり、とてつもなく大きなつばさが空にはばたく夢《ゆめ》を見た。季節は夏で、いごこちがよかった。

「なにか趣味《しゅみ》はある？　わたしたちがもといた世界で、ってことだけど」

ある日、メリがアリーサに聞いた。

「天体観測《かんそく》。あと、アーチェリーも」アリーサはそうこたえてから、さらにつけくわえた。

「それから、考えること」

「考えることって、趣味《しゅみ》になるの？」

アリーサは肩《かた》をすくめた。

「わかんない。でもわたしは、すごくたくさん考えるの。それから、いろんな空想もする」

「たとえば？」

アリーサはすこしどぎまぎした。口に出しても、だいじょうぶかな？

「ええと、わたしだって空想の友だちがほんとにいるなんて思ってないんだけど、でも、そんな友だちがふたりいて、ときどきおしゃべりするの。〝鏡のアリーサ〟と、〝影《かげ》のアリーサ〟っていうんだけど。鏡の中にいたり、影《かげ》になってたりしてね。ふたりとも、ちょっとわたしに似《に》てて、でもやっぱりちがう子なの。ふたりと長い時間おしゃべりすることもあるのよ」

メリに笑われたらどうしようと思いながら、アリーサはメリのほうへそっと目をやった。ところがメリは、ただ考えこんでいるだけだ。

「わたしはね、絵をたくさんかくんだけど」やがてメリがいった。「自分がかいている絵の中の生きものに話しかけるの。そうしたら、返事がかえってくるんだ」

アリーサはほっとして、胸《むね》があたたかくなった。メリはアリーサが変な子だなんて思っていない。メリはわかってくれたんだ。

「もう十一歳《さい》だっていうのに、いろんなこと空想してるなんて、はずかしいっていう人もいるよね」アリーサはいった。

「わたしはちっともはずかしいなんて思わない。おばあちゃんになっても空想していたいな！」

「そのときは、いっしょに秘密《ひみつ》のクラブをつくろうよ。空想するおばあちゃんたちのクラブ、略《りゃく》してクウバアズ・クラブ！」

ふたりはしばらく、声をあげて笑いあいながら、おばあちゃんになったらいっしょにどんなことをしようかと考えた。

「幼稚園《ようちえん》や学校にいって、若《わか》いころどんなにすごいことをしたか、つくり話をいっぱい聞かせちゃおうよ」

メリがいった。

「ユニコーンのかっこうをして、町の中をかけまわろうよ」

アリーサがさけんだ。

やがてふたりは落ちついて、花園のあたたかな夏の空気を胸《むね》に吸《す》いこんだ。

「アリーサのうちは、どんな家族？」

しばらくだまっていたあとで、メリがたずねた。

アリーサは頭をしぼって考えなくてはならなかった。

「パパと、ママと……あと、おねえちゃん」やっと、そうこたえた。「メリは？」

メリは考えこみ、ひたいに波のようなしわをよせた。

「おぼえてるのは、パパと……」ようやくメリが口をひらいた。「それから、弟がふたり。ふたごの弟たち」

メリの声が自信なさそうにひびくのを、アリーサは聞きとった。そして、同じような自信のなさが自分の中にもあるのを感じて、ぞっとした。

自分の部屋のことを考えても、どんな壁紙《かべがみ》だったかすぐには思いだせなかった。本だなにどんな本がならんでいるかも、思いだせない。ぬいぐるみの動物たちは、天井《てんじょう》のすぐ下のたなに順番を決めてならべておいたような気が、なんとなくするけれど、ぬいぐるみの名前をひとつひとついうことができないし、いくつあるかもわからない。家のことを考えると、どんどんうすよごれてぼやけていく写真を見ているような気がした。

なによりこわいのは、家族のことを考えようとしても、みんなの顔も、どんな声をしているかも、はっきり思いだせないことだった。まるで家族のみんなが、ずいぶん前に会ったき

りの遠い親せきで、道で会ってもだれだかよくわからない人のような気がしてしまう。

「わたし、家族のことをわすれかけてるみたい」アリーサはメリに打ちあけた。

するとメリがアリーサの目をのぞきこんできた。

「わたしも」

これはちゃんと考えなくちゃいけないことだと、アリーサにはわかった。

けれども、まわりでバラたちが魔法《まほう》のような夜の歌を歌い、風の子たちの小さな手で髪《かみ》をなでられていると、アリーサもメリも、いまこの場所ではすべてがうまくいっている、としか思えなくなってしまうのだった。ほかのどこかにいきたいなんて、ふたりとも望まなくなっていた。

5 クフロービ

野原にいたアリーサとメリのところへ、大きな花かんむりを持った風の子たちが飛んできて、「あなたたちはふしぎの花園の正式な住人になりました」といったとき、ふたりはもう、この花園にきて何日たつのかわからなくなっていた。

ここにいると、時間の感覚が変なふうに消えてなくなってしまう。最初のころは、ふたりとも日にちをかぞえ、カレンダーのようなものをつくっていたのだが、そのうちにわすれてしまった。わすれたというより、そんなことをしても意味がないと思うようになった。ふたりとも、ずっとこの花園で暮《く》らしてきたような気分になっていた。

風の子たちはアリーサとメリに花かんむりをかぶせると、声をそろえてうやうやしくいった。

「花園のふしぎな生きものたちは、ふしぎの花園の門をとおり、ふしぎの花園に足をふみいれます。花園はここに、あなたがたを住人としてむかえいれることを宣言《せんげん》します。ここが家だと思って、歩きまわってください。この場所を、愛する人だと思って守ってください」

花かんむりをかぶったアリーサとメリは、感謝《かんしゃ》をこめてひざまずいた。ふたりのまわりで、小さなトビハネたちがとびはねながらばんざいをさけんでいる。音楽草がファンファーレをかなでた。コケムシタたちは喜んで、風車みたいにくるくるまわり、その足がふれた場所には、ますますたくさんのコケがはえてくるのだった。

「今夜、花園のいちばん大きなオークの木のところへきてください」風の子たちがいった。

「そこでなにがあるの？」アリーサは聞いた。

「くればわかります。ふたりとも正式な住人になりましたから、出席してもらわなければなりません」

それが風の子たちの返事だった。

その夜、アリーサとメリは花園のまんなかで大きなオークの木をさがした。とても大きな木だったので、わけなく見つかった。おいしげった枝《えだ》が木のまわりに大きな屋根をつくり、幹《みき》はふとくて、そのまわりで手をつないで輪をつくろうと思うなら、アリーサが十人とメリが十人は必要なくらいだった。

ほかにはだれもいない。あたりは静まりかえっている。

ふたりで木のまわりをまわってみた。なにかのサインでも書かれていないかと目をこらす。幹《みき》をコンコンたたいてみる。大きな声でよびかけたり、さけんだりする。けれども木はただそこに、大きな堂々《どうどう》としたすがたで立っているだけで、なにも教えてくれなかった。ふたりは木の根元を手さぐりし、幹《みき》によじのぼろうとした。なにもない。

やがてふたりはつかれてしまい、明日の夜にもう一度くることにした。そのときこそ、木の秘密《ひみつ》があきらかになるかもしれない。もしかすると、風の子たちが日にちをまちがえたのかも。この花園では、一日がほかの日とおかしなふうにまじりあっているので、日にちをまちがえたって変じゃない。アリーサとメリが立ちさりかけたとき、うしろで小さく息をはきだすような音がした。

「フウ」

ふたりはオークの木のほうをふりかえった。木が話しかけてきたのかな？　だけどさっきの音は、どっちかというと……。

そのときふたりの目に入ったものがあった。小さな、ふわふわした羽毛《うもう》につつまれたフクロウの頭が、木の幹《みき》にあいたうろからのぞいている。

「フウ、ホウ。わしのねむりをじゃまするのはだれじゃ？」

フクロウはおこっているようだが、目をあけようともしない。とても小さくて、アリーサの手のひらに乗りそうなほど。体をつつむ羽毛《うもう》は茶色のまだらもようで、ずいぶんプライドの高そうな生きものだった。

「じゃまをしたのはわたしたちです」メリがこたえた。

フクロウはのろのろと、めんどうくさそうに片方《かたほう》の目をあけた。黄色のまなざしが、アリーサとメリを同時につらぬくようだ。

「わたしたち？　わたしたちとはだれじゃ？」

「アリーサです」

「それから、メリです。あなたはだれ？」

フクロウはもう一方の目もあけた。質問《しつもん》されて、むっとしたらしい。

「わしがだれかじゃと？　フウウ、わしがだれかじゃと？」

「そう。それがわたしたちの質問《しつもん》だけど」

フクロウは木のうろからすっかり出てくると、きっぱりした足どりで枝《えだ》の上へ歩いていった。そして、全身の羽毛《うもう》をふくらませ、重々《おもおも》しくいった。

「わしは、クフ・ロー」

アリーサとメリは顔を見あわせた。

「つまり、フクロウね」ふたりは声をそろえていった。

鳥はあっけにとられたようすでふたりをじっとみつめ、首をぐりっとまわしたので、ふたつの目がたてにならんだ。

「そうではない、クフ・ローである」さらに重々《おもおも》しい声でいう。

「読みまちがいじゃないかと思うんだけど」

「もちろん、ちわがない」相手はショックを受けたらしい。「すての文字は、わしのいうとおりに書かれておるぞ」

「じゃあ、どうして……」メリがいいかけたが、それを鳥がさえぎった。

「おまえたちがきょうここへきたのは、きょうがクフロービだからじゃ」

「え?」アリーサにはなんのことだかわからなかった。

「クフロービ。きょうだ。きょうの曜日だ」

「そんな曜日はないでしょ」メリがいう。「月曜日とか火曜日とか、それに日曜日とかはあるけど、そんな……」

クフ・ローはふたたびメリのことばをさえぎった。

「このうえまだ、チニヨービじゃと！」

「そうじゃなくて、にちようび」と、メリ。

「そのとおりにいったじゃろ。チニヨービ。ふん、まったく。きょうはクフロービじゃ。それがどういうことかは、みんな知っておる」

クフ・ローが説明してくれると思って、アリーサとメリは待った。

「ネコのように秘密《ひみつ》めかして書けたらいいのに」

もはやふたりにはさっぱりわけがわからなかった。この鳥、なにをねぼけてるの？

「えっと、わたしにはちょっと……」アリーサが口をひらきかけた。

「エドガン・アラー・ロージャ。彼《かれ》もまたローの一族の有名人である」

「エドガー・アラン・ポージャなかった……？　たしか詩とか、小説を書いてる有名なアメリカ人だったような……」メリがアリーサに耳うちした。アリーサは返事のかわりにうなずいた。

「フウウ！」クフ・ローがわめいた。「おまえたちは、ちがっておる！　ネコのように秘《ひ》密《みつ》めかして書きたいと望むのは、ローの一族だけじゃ」

「オッケー」メリがのろのろといった。

「じつをいうと、クフロービの名には、〝苦労〟という意味がかくされているのじゃ。そんなわけできょうは……」

「クフ・ローの、ごくろう読書会」たくさんの声の合唱が、アリーサとメリのうしろでひびいた。

　ふたりがふりむくと、そこには花園の住人たちがおおぜい集まっていた。木の皮けずりたちもいるし、夜の番人のすがたもある。夢《ゆめ》織《お》りたちは、きらめく針《はり》でぬいとったりかがったりした布《ぬの》をたずさえている。風の子たちはみんなの上をすいすい飛びまわっていた。

「ごくろう読書会って、いったいなんなの？」アリーサは風の子のひとりに聞いた。

「毎週クフロービになると、みんなこの大きなオークの木の下に集まって、クフ・ローの読書会に参加するんです」風の子がこたえた。「正式な住人は、全員が出席するんですよ」

「だけど、どうして〝ごくろう〟なの？」メリがたずねた。「みんな、読書が好きじゃないの？」

「もちろん好きなんだけどさ」コケムシタが大地の表面からこたえた。「だけどねえ、毎回毎回、同じ作家の作品ばかり読まされるんじゃ……」

「エドガン・アラー・ローじゃ！」クフ・ローが枝《えだ》の上から大きな声をひびかせた。「きょうは『アナベル・リー』という詩の一節を読むとしよう。わしからはじめる……」

むかしむかしのはるかなむかし
海のほとりの王国に
ひとりの乙女《おとめ》が暮《く》らしてた
その名をアナベル・リーという
乙女《おとめ》の思いはただひとつ
ぼくを愛して愛されたいと

ふしぎの花園の住人たちは、口の中でもごもごつぶやくようにして詩の朗読《ろうどく》に声を合わせた。みんなこの詩が暗唱できるらしい。

「ほんとにみんな、ほかのはぜんぜん読まないの？」アリーサはとなりにすわっている夢織《ゆめお》りにそっときいてみた。

「残念ながら、そうなのだよ」夢織《ゆめお》りはためいきをついていった。「この詩とて、じつに美しい詩であることはまちがいないが、ときにはちがうものも読めれば、気分も変わるというものなのに」

「ちがうものを読もうって、クフ・ローに提案《ていあん》したことは?」メリがささやいた。

するとクフ・ローは詩の朗読《ろうどく》をやめ、するどい黄色のまなざしをアリーサとメリにむけた。あたりがしんと静まりかえった。

「おまえたち、正式な住人だというのに、クフロービに敬意《けいい》をはらうことができぬようじゃな。おまえたちは、どこかよそからきた者たちじゃろう。わしにはわかるぞ」クフ・ローがきびしくいった。

「そうよ。わたしたちはまったくべつの世界からきたの」メリが頭をしゃんとあげてこたえた。

とつぜん、クフ・ローが枝《えだ》の上でぴたりと動きを止めた。頭がぐるりと一回転し、逆《ぎゃく》まわりにもう一度回転する。

「おたえまちは、〝かの者《もの》〟じゃ」

「なんのこと?」アリーサが聞いた。

「フッフーム、フッフー、おたえまちは〝かの者《もの》たち〟じゃ。〝重要な使命を果たす少女たち〟じゃな」

また文字の読みかたがごちゃごちゃになったらしい。黄色の目は一点をみつめ、催眠術《さいみんじゅつ》にでもかけられたみたいだ。

「すべては変わりゆく。世界は以前と同じではない。ふたりの少女が雪をくぐり、花園を抜《ぬ》け、海を越《こ》えてやってくるとき、夢《ゆめ》はふたたび現実《げんじつ》になり、現実《げんじつ》は夢《ゆめ》になる」

クフ・ローはあたかも古い予言を口にしているかのようだった。

アリーサはメリが手をつないできたのを感じた。あたりの雰囲気《ふんいき》がすっかり変わっている。木々のざわめきが低く悲しげな合唱になり、光が弱くなって、灰色《はいいろ》とほの赤い色がまじりあったふしぎな色あいになっている。花園のすべての住人が、息をひそめて沈黙《ちんもく》しているようだ。

理由はわからないまま、アリーサは緊張《きんちょう》していた。

そのときクフ・ローが頭をぶるっとふるわせ、羽毛《うもう》をもじゃもじゃに逆立《さかだ》てた。ねむりからさめたばかりのような、ちょっぴりおどろいた顔をしている。あたりの風景も雰囲気《ふんいき》も、ふだんどおりにもどった。

「フッフッフー。フッフフーフー。なんじゃろう。なんじゃったろう。ねむくなったわい」

クフ・ローのまぶたがとじていく。くちばしがあいて、大きなあくびが出た。

「おたえまちは、〝かの者たち〟じゃ」クフ・ローがつぶやく。「じゃが、おたえまちはまだ準備《じゅんび》がとのとっていない。一週間後にまたくるがよい。そのときはコーヒーを持ってくるように。コーヒーをどっさり」

そういうと、目をぱちんととじて、クフ・ローは一瞬《いっしゅん》のうちに深いねむりに落ちてしまった。

「起こしてあげたほうがいい？」アリーサは花園の住人たちの顔を見まわしながらきいた。

みんな首を横にふっている。きょうのごくろう読書会がいつもより早くおわったことで、文句《もんく》のある人はだれもいないらしい。

夢織《ゆめお》りのひとりが、クフ・ローにやわらかい布《ぬの》をそっとかけてやった。布《ぬの》には冒険《ぼうけん》するふたりの少女の図柄《ずがら》がえがかれている。少女たちは、アリーサとメリにそっくりだった。

6 野イチゴと木イチゴ

明けがた、アリーサは寒くて目がさめた。かけていた布《ぬの》をメリがひとりじめして、満足そうな寝息《ねいき》をたてながらねむっている。アリーサは布《ぬの》のはしっこを持って引きよせようとしたが、メリはますますしっかりと布《ぬの》にくるまってしまい、小さないびきまでかきはじめた。

アリーサはいらいらしてきた。寒いし、つかれてもいる。メリをつっついて、目をさまさせた。

「どうしたの？」メリはねぼけたようすでたずねた。

「布《ぬの》を勝手に持っていかないでよ」アリーサはきつい声でいった。

「そんなことしないよ」メリはもごもごといって、布《ぬの》の半分をアリーサにゆずった。

メリはまた、あっというまにねむりこんでしまった。しかしアリーサのほうはもうねむれなかった。クフ・ローのことばを考える。

自分たちが、〝重要な使命を果たす少女たち〟だっていうのは、どういうことなんだろう。

「メリ」ささやきかけてみる。

メリはいびきをかいているばかりだ。

「メリってば！」アリーサは声を大きくした。

メリが目をさます。

「またなの、どうかした？」

今度はメリの声も、さっきよりはしっかりしている。

「クフ・ローがいってたこと、考えてみた？」

「ううん、べつに」メリはあくびをしながらいった。

「なにか予言があるのかな。わたしたち、このシスターランドで使命を果たさなければならないの？　それって危険《きけん》なことなのかな？」

アリーサがつぎからつぎへとあふれるように疑問《ぎもん》を口にするので、メリはすっかり目をさました。

「わかんないけど」メリはそっけなくいった。「一週間後に教えてもらえるんじゃない」

「心配じゃないの？」アリーサはおどろいて、聞いた。

「心配して、なんになるのよ？　なるようにしかならないでしょ」

メリが落ちつきはらっているので、アリーサは腹《はら》がたってきた。

「どうしてそんな態度《たいど》でいられるわけ？」いちだんと大きな、いやな感じの声でアリーサはたずねた。ほんとうはそんな声を出すつもりじゃなかったのに。

メリはおこった顔になって体を起こした。

「あのねえ。いまわたしがしたいのは、ねむることだけなの。そんなこと、朝になってから考えればいいいじゃない！」

アリーサはすごい勢《いきお》いで立ちあがった。

「だったらねてればいいわよ、どうぞごゆっくり。おじゃまみたいだから、わたしは失礼いたしますわ。お気楽なお姫《ひめ》さまが、貴重《きちょう》な睡眠《すいみん》時間をお楽しみになれるように！」

アリーサはかっかしたまま、大またでその場をはなれた。すくなくとも、もう寒くはない。どすんどすんと大きな足音をひびかせたので、ねむっているなぜなぜ花たちを起こしてしまった。

「どうしておこって歩いてるの？　どうしてどすんどすん音を出すの？」花たちがたずねる。

「メリがむかつくからよ」アリーサはうなるようにいった。

「どうしてむかつくの？　むかつくってなあに？　どうしてかっか、かっかしてるの？」

「ああもう、説明してられない！」

ふしぎがっているなぜなぜ花たちを残して、アリーサは歩きつづけた。

おこって歩いているうちに、いつのまにか木イチゴのしげみの中に入っていた。木イチゴのうっとりするような香《かお》りにすっぽりつつまれて、ようやくそれに気がついたのだ。

木イチゴはメリの大好物。アリーサとふたりで、木イチゴがたくさん実をつけている場所にいきあたったとき、メリがそう教えてくれた。あのときメリは、ふたりして木イチゴをおなかいっぱい食べても、まだ帰ろうとしなかったっけ。

「木イチゴの味って、ひとつぶの実の中に、夏がまるごと、ぎゅうっとつめこまれているみたい」メリはそんなふうにいっていた。

アリーサの怒《いか》りはみるみるうちに消えていった。あまりにもすばやく消えてしまったので、そんな気分になっていたことが理解《りかい》できないくらいだった。

アリーサは、木の皮けずりが木をくりぬいてつくってくれたカップをベルトから取りはずすと、木イチゴをつんでカップに集めはじめた。ごめんねという気持ちをこめて、メリに持っていってあげようと思ったのだ。中でもつぶが大きくて美しく、まっ赤な実をえらんでつんだ。自分の口にはひとつぶも入れなかった。メリのために、とっておいてあげたかったから。

アリーサが小屋にもどると、メリは小屋の前の切《き》り株《かぶ》にすわっていた。ちょうどのぼってきた太陽が、あたりのすべてをバラ色にそめあげている。アリーサはカップを背中《せなか》のうしろにかくした。びっくりさせたくて。メリはにこりともせずに、前髪《まえがみ》の下からアリーサを見ている。

まだ、ものすごくおこってるのかな？　アリーサが声をかけようと口をひらきかけたとき、メリは背中《せなか》のうしろから自分用の木のカップを取りだして、こういった。

「ごめんね。わたしが悪かったね」

メリのカップには野イチゴの実がどっさり入っていた。アリーサの大好物だ。

アリーサは笑いだしてしまった。そして、木イチゴを山もりにした自分のカップをメリにさしだした。

それからふたりは、草を二本つみとって、くきに野イチゴと木イチゴをひとつぶずつ、かわりばんこに突《つ》きさしていった。こうやって草のくきにさしたのを食べると、野イチゴと木イチゴがかわるがわる味わえて、いっそうおいしい。

メリが笑うと、その声は世界でいちばん楽しげな声だとアリーサは思った。メリはいつでもふいに、おなかの底からの笑い声をあげる。まるで、長いことふりまわしてからキャップをはずした炭酸《たんさん》ジュースのボトルみたい。勢《いきお》いよく、シュワシュワとあわをたて、高いところまで噴水《ふんすい》のようにとびちっていく。つられていっしょに笑いたくなる、こんな笑いかたをする人を、アリーサはほかに知らなかった。

だけど、メリの笑い声でなによりすばらしいのは、アリーサの笑い声とまじりあうとますます楽しげに聞こえる、ということだ。ふたりの笑い声は、ひとつになるともっとすてきになる。野イチゴと木イチゴのように。

その夜、ふたりは草の上にねころんで、見なれないきらめく星空をながめていた。やがてメリがアリーサの手を取り、ひとつになったふたりの手で星座《せいざ》をえがきはじめた。

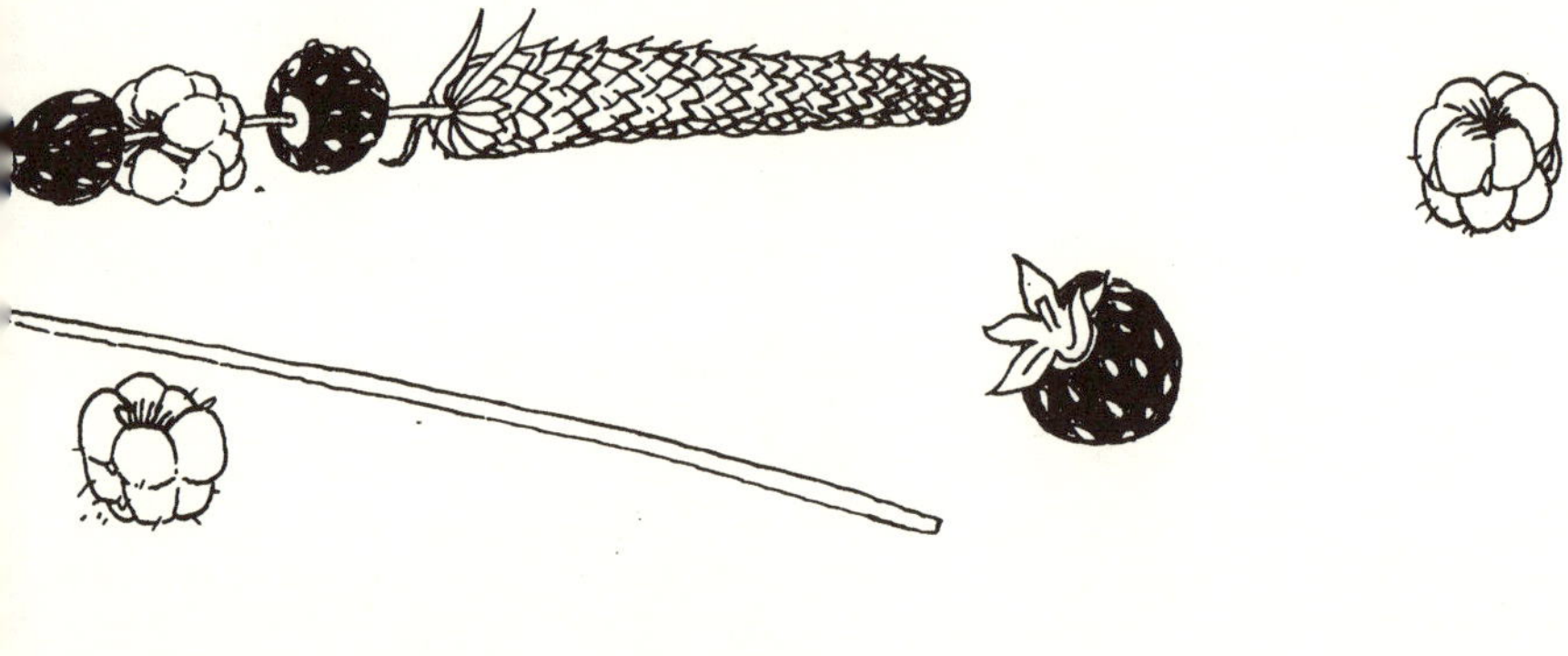

「ほら、あれはドラゴンの星座《せいざ》」

そういって、メリは星から星へ手を動かし、ドラゴンの頭やつばさ、そして長い長いしっぽをえがいた。

アリーサの目に、ドラゴンが見えた。メリは、アリーサでもその絵が目にうかぶように、えがくことができるのだ。

「それから、あっちはステンオレント」

メリはことばをつづけ、オオカミからトンボへ、またオオカミへとすがたを変える星座《せいざ》をえがいた。

「クフ・ローは?」

アリーサはほほえみながら聞いた。

「それは、こっちかな」

メリがふたりの手を動かすと、明るくきらめく星たちが、クフ・ローのつばさや羽毛《うもう》や、こちらを観察しているような大きな目をかたちづくった。

アリーサは、ふわふわうかんでいるような、ふしぎな感覚を味

わっていた。生まれてはじめて、自分にも絵がかけるんだ、と思えた。もちろんメリがてつだってくれたんだけど。

そのうちにふたりの手は草の上にもどった。ふたりの指がからみあっている。

「星空をじっとながめてると、空に落っこちそうな気がしてくるの。上に向かって落ちちゃいそう」メリがささやいた。

アリーサの心臓《しんぞう》はうれしさに高鳴った。

「わたしも、星空を見るたびにそう思ってる」

「ねえ、どうしてわたしたちふたりがここにいるのか、それはわたしだって気になるんだけど」やがてメリがいった。「もしかして、わたしたちにはなにか危険《きけん》な使命があるのかな？ わたしじゃヒーローなんてむりなのに」

「それはわたしも同じ」アリーサはためいきをついた。

ふたりはだまって考えこんだ。

「でも、心配はしてないの」やがてメリがいった。「どうしてだかわかる？」

「どうしてなの？」

「だって、ふたりいっしょなら、きっとヒーローになれると思うから」

「ほんとだね」

アリーサは、心が広々とした海のように大きくなっていくのを感じた。夜だというのに、世界じゅうが色と光にみたされている気がする。

夜空をながめているメリに目を向ける。これまでアリーサにはひとりも親友がいなかった。いま、この瞬間《しゅんかん》までは。

つぎの夜、アリーサはまた寒さで目がさめた。けれども今回はメリが布をひとりじめしたせいではなかった。

メリのすがたが見えない。花園そのものが見えなかった。暗い部屋の中で、アリーサはひとりぼっちで横になっていた。部屋のすみから、こおりつくような寒さが立ちのぼっている。

アリーサはかたいゆかの上に体を起こし、それから立ちあがった。

手さぐりしながらそろそろと前に進んでいくと、やがて冷たいかべにぶつかった。電気のスイッチをさがす。やっとさがしあてたスイッチをおすと、ジージーと音をたて、明るくなったり暗くなったりする電灯が天井《てんじょう》にともった。

あたりを見まわす。部屋は小さく、家具もなければドアもない。かべとゆかは灰色《はいいろ》だ。窓《まど》がひとつあるが、向こうが見えないようにふさがれている。アリーサは窓《まど》に近づき、あけようとした。かたくなって、あかなくなっている。じゅうぶんに力をこめて引っぱると、ようやく窓《まど》がきしみながらあいて、冷たく白い雪がどっとふきこんできた。

アリーサはあわててしまい、すぐさま窓《まど》を手でおして、やっとの思いでしめた。手の指も足の指もすっかりかじかんでいる。歯がカチカチと音をたてた。

「メリ！」アリーサは恐怖《きょうふ》にかられてさけんだ。

そのとき、かべの向こうから、にぶい悲鳴が聞こえてきた。なんといっているかはわからない。アリーサはかべにかけよって、にぎりこぶしでたたきはじめた。

「メリ！　そこにいるの？」

その瞬間《しゅんかん》、かべが光って、向こう側がすけて見えるようになった。まるでガラスでできているかのように。

向こう側にメリのすがたはなく――かわりにママとパパとおねえちゃんがいるのを、アリーサは見た。三人は、上があいているガラスの箱のようなものの中にとじこめられ、腰《こし》まで雪にうまってもがいていた。空からはたえまなく雪がふりつづけている。三人とも大声をあげ、かべをたたいている。なんといっているのか、だんだんはっきり聞こえてきた。

「助けて！　このままうもれちゃう！　アリーサ、救いだしてくれないと、みんな死んじゃうよ！」

かべをこわそうとしたが、むりだった。ママとパパとおねえちゃんが泣いているのを見ているうちに、自分のほほもなみだでぬれているのにアリーサは気づいた。

「わたし、がんばるから！」みんなに向かってさけびかえす。

同時に、あたりが暗くなった。なにかあたたかなものがアリーサのほほにふれる。

「だいじょうぶ、ただのこわい夢《ゆめ》だからね」メリがささやきながらアリーサの髪《かみ》をなでてくれていた。

アリーサはまだ寒さにふるえている。

「いまの……いまの、ほんとうのことみたいに思えて」

アリーサはしゃくりあげながらいった。

メリはアリーサをだきしめてくれた。アリーサは落ちつき、安心したが、こわい夢《ゆめ》が残していった恐怖《きょうふ》は、すっかり消えたわけではなかった。

7 予言

クフロービから一週間がたち、アリーサとメリはもう一度クフ・ローに会いにいった。今回はふたりとも、まちがいなく決められた日にいけるよう、きっちり日にちをかぞえておいた。風の子たちから、大きなカップにいれたてのコーヒーをもらってある。その香《かお》りにさそわれて、クフ・ローがオークの木のかくれ家《が》から出てきてくれますように、というのがふたりの願いだった。

作戦はうまくいった。ねぼけて羽毛《うもう》がもじゃもじゃになったクフ・ローの頭が、ハート形のうろからのぞいたのだ。その目はかたくとじられている。

「こっちへ持ってきておくれ」クフ・ローがぼそぼそといった。

ふたりはコーヒーカップを木のうろのほうへさしだした。クフ・ローは目をとじたまま、くちばしがちょうどコーヒーにとどくくらいまで、首をのばした。そして、ひと口ずつ、長い時間をかけて、おいしそうに飲んだ。しばらくのあいだ、なにも起きなかった。クフ・ローはふたたびねむりこんでしまいそうだ。

とつぜん、クフ・ローの目がぱっと見ひらかれた。

生きものの目が体のサイズにくらべてこんなに大きいなんて、見たことがないとアリーサは思った。

クフ・ローは電気ショックを受けたウサギみたいに木のうろからとびだしてきた。飛んでいって枝《えだ》にとまり、足を軸《じく》にして、ぐるぐるとものすごい勢《いきお》いで前回りをはじめる。

「きてくれてよかったなぜならおまえたちにたいせつなはなしがあるのだおまえたちのせかいにきけんがせまっていてそれをすくえるのはおまえたちだけなのだ……」

クフ・ローのつぶやきはあまりに早口で、なにをいおうとしているのか、ほとんどわからない。

「わたしたちの世界に危険《きけん》がせまっていて、それを救えるのはわたしたちだけだ、っていったの？」

メリがたずねた。

「たしかにそういったなぜならそうよげんされているからだ」

クフ・ローはうしろ回りをはじめている。コーヒーに入っているカフェインの影響《えいきょう》を受けやすい生きものっているんだなと、アリーサは思った。

「その予言って、どんなことをいってるの？」

「べつのせかいからふたりのしょうじょがやってくるがそのふたりはたがいにしんゆうどうしだと」

アリーサはメリを見た。メリはアリーサを見た。ふたりはたがいの手を取った。

「わたしたち、おたがいに親友どうしよ」アリーサがいった。「でも、どうしてわたしたちの世界に危険《きけん》がせまってるの？」

「ゆきがたくさんふりすぎている。なにもかもがゆきにうもれている」

「どうしてそんなことが起きるの？」

「このせかいをしはいするじょおうがいる。じょおうがゆきをふらせているのだ」

「女王？　その人、どこに住んでるの？」

「それはだれにもわからない。ここではないどこかとおくにかくれている」

クフ・ローはつぶやきながら、なんだかおかしなダンスをおどっている。おもにジャンプと、いろいろな種類のへんてこなステップでできているダンスだった。

「わたしたち、どうやったら女王を見つけられる？」

アリーサはもう、クフ・ローのなぞかけにも、早すぎるしゃべりかたにも、うんざりしはじめていた。

「おまえたちはうみをこえていかなくてはならないそしてはーとのなかからかぎをみつけだし……」

「待ってよ、ちょっとゆっくりしゃべって！　つまり、わたしたち、海を越《こ》えていかなくちゃならないってこと？」メリがたしかめる。

「そして、ハートの中からかぎを見つけだすの？」アリーサがつづけた。

「そうだともそうだともそうだとも。おまえたちはゆうえんちをかいほうしなければならない。そしておまえたちはどらごんのてをもつしょうじょになるひつようがある」

アリーサとメリは目と目をあわせ、なにをいわれたのか理解《りかい》しようとした。

「なにか、遊園地とドラゴンのことをいったのかな？」アリーサはそう口にしてみた。

メリは考えこんでいる。

「遊園地を解放《かいほう》しなければならない？　それから、ドラゴンの手を持つ少女」やがてメリはいった。「だけど、意味はぜんぜんわかんない」

「うみべへいくがいい。そこからたびがはじまる」

「海辺へはどうやったらいける？」アリーサはたずねた。

「すでんおれんとをよびださなくてはならない」

「スデンオレントを呼《よ》びださなくてはならない」アリーサはくりかえした。

ふしぎの花園の正式な住人になったらそうしたいと願っていたことを、アリーサは思いだした。

クフ・ローは、スリルのありすぎる飛行訓練をはじめていた。つばさをとじてわき腹《ばら》にくっつけたまま高いところから飛びおりて、地面に激突《げきとつ》するすれすれのところでつばさを広げるのだ。

もうこれ以上、アリーサたちになにか教えてくれそうには思えない。ふた

りはクフ・ローにおれいをいって、帰ることにした。

「こーひーをおいていってくれ!」クフ・ローがわめいた。

アリーサとメリはコーヒーカップをオークの木の根元においた。

オークの木をあとにしたふたりが考えにしずみながら歩いていると、クフ・ローがうれしそうにものすごいさけび声をあげるのが聞こえてきた。コーヒーをすっては、おどったり、回転したり、飛びおりたりしているのだろう。

第2部

旅

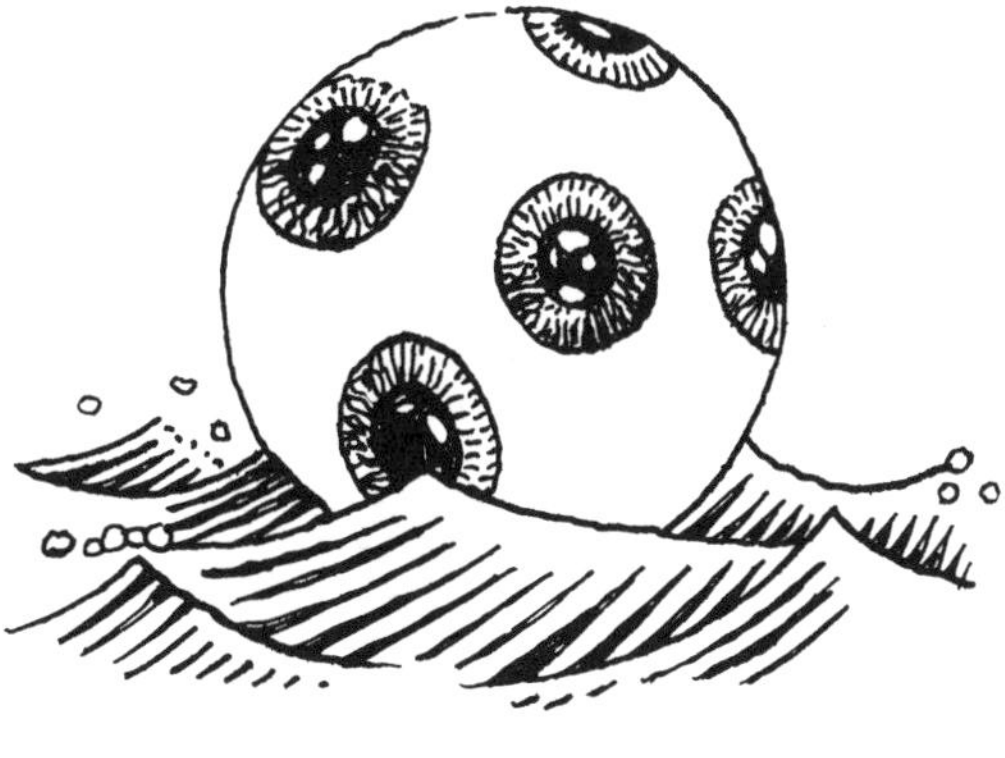

8
スデンオレントのことば

アリーサとメリは、ふしぎの花園の住人たちをひとり残らず、花のさきみだれるひろい野原に呼《よ》びあつめた。

「すばらしい風の子たち、夢織《ゆめお》りたち、なぜなぜ花に、木の皮けずり、トビハネに音楽草、夜の番人にコケムシタ、そして、わたしたちが名前を知らないみなさん。それから偉大《いだい》なクフ・ロー」

アリーサは真剣《しんけん》な表情《ひょうじょう》で話しはじめた。

「わたしはここの正式な住人になりました。そこで、ひとつお願いがあるんです」

「望みを聞かせてくださいな」

みんながこたえる。

「コーヒーのおわかりがほしいんじゃが」

クフ・ローが声をあげたが、みんなは「しいっ」といってだまらせた。

「この花園に、ステンオレントを呼《よ》びだしたいんです」

おどろきのまじったざわめきが野原に広がっていくのを、アリーサとメリは聞いていた。なぜなぜ花は首を横にふりながら、同じことばをくりかえしている。

「いま、なんていった？　どうしてあんなことをいった？　どういうつもりだろう？　なにが起きるだろう？」

ほかのみんなも、ひそひそささやきあったり、ためいきをついたりしている。

「みんな、なにを心配してるのかな？」

メリが小さな声でアリーサにたずねてきた。アリーサはとまどいながら首をふった。どういうことなのか、さっぱりわからない。やがてさわぎがすこしおさまると、いちばん心配そうな顔をしている風の子たちが、アリーサに聞いた。

「本気なのですか？」

「本気よ。反対する理由でもあるの？」

「はるかなむかし、ステンオレントの一族は、花園を自由に歩きまわっていました。しかし、悲しいあらそいごとが起きてしまいました。わたしたち風の子が暮《く》らす場所で、ステンオレントたちがあまりに大きな群《む》れをつくるようになり、そのせいでわたしたちとぶつかりあったり、もめごとが起きたり、わたしたちは羽を傷《きず》つけられてしまったり。とうとういっぴきのスデンオレントが、オオカミのすがたになっているときに、わたしたちの仲間のひとりを食べてしまったのです。もちろん、わざとじゃなかったと、そのスデンオレントはいいました。たまたま向かい風のときにあくびをしたら、風の子が口にとびこんできて、あわてて飲みこんでしまったのだ、と。ですが、食べてしまったことに変わりはありません」

風の子のひとりがそういった。ほかの風の子たちの、そのとおり、という声が、こだまのようにひびく。

「それからというもの、スデンオレントの一族は、花園への立ちいりを禁《きん》じられたのです。花園に入ることをゆるされるのは、正式な住人の呼《よ》びだしを受けたときだけ。おぎょうぎよくできるなら、ですけどね」

「わたしたちの友だちのスデンオレントは、ぜったいにおぎょうぎよくできるはずよ」

アリーサはいった。けれどもほんとうは、ちょっぴり自信がなかった。スデンオレントは、やさしい目をしているときもあるけれど、やっぱり猛獣《もうじゅう》だ。

「では、自分の責任《せきにん》において呼《よ》びだしてください。ただし、わたしたちはその前にいなくなります」

風の子たちは、はげしいつむじ風をまきおこして飛びさった。ほかの花園の住人たちも、自分の仕事にもどったり、家に帰ったりしていく。クフ・ローは、ねむたげなぼさぼさのつばさを広げ、うんと濃《こ》いコーヒーのダブルエスプレッソがどうしたとか、なにやらぶつくさつぶやきながら飛んでいってしまった。

「スデンオレントを呼《よ》びだすのって、いい考えかな」

アリーサはメリにたずねた。

「いい考えかどうかは、わかんないけど。でも、やるしかないでしょ。クフ・ローからそうするようにいわれたんだから」

「そうだよね。じゃ、呼《よ》びだしてみる」

アリーサは目をとじた。にじの七色の羽、金色の目、灰色《はいいろ》の毛皮のスデンオレントが目の前にいるところを、心の中で思いえがく。心の中のスデンオレントは、トンボからオオカミになったり、またトンボにもどったり、ひっきりなしにすがたを変えている。

どうすれば呼《よ》びだせるのか、アリーサにはまったくわからなかったが、気がつくと声に出してこうささやいていた。

「スデンオレント、デンオレント、オレント、レント、ト」

同じことばを小さな声で三回くりかえし、アリーサは目をあけた。しかし野原にはアリーサとメリのほかにだれもいない。

呼《よ》びだしがうまくいかなかったんだ、と思いかけたとき、聞きおぼえのある、トンボの羽のかすかな音が、アリーサの耳にとどいた。ふたりの前にきらきらかがやくトンボがいっぴき飛んできて、岩の上にとまったかと思うと、そのすがたがオオカミに変わった。

いままで会えなくてさびしかった！　目の前にスデンオレントがほんとうにあらわれたいま、アリーサはやっと自分の気持ちに気がついた。アリーサとメリは、スデンオレントの毛皮に体をぎゅっとおしつけ、長いことだきしめたままでいた。

スデンオレントのにおいはなつかしく、それなのに、はじめてかぐにおいのような気もする。毛皮はひんやりとして、冬の雪の中から出てきたみたい。スデンオレントをだきしめているうちに、アリーサはどんどんさびしい気分になっていった。スデンオレントが、アリーサの家族がいて家もある、もうひとつの世界のにおいと空気と思い出をはこんできたから。

アリーサはなみだがこみあげてきた。

理由があってわたしを呼《よ》びだしたのだね、小さな人間よ。

スデンオレントがいった。

「そうよ」

アリーサは、鼻をぐずぐずいわせ、なみだをぬぐいながらこたえた。

「わたしたち、シスターランドの女王のところへいかなくちゃならないの。それにはまず、海を越《こ》えないといけないのよ。あなたならわたしたちを海辺へつれていってくれるって聞いたから」

女王リリか。

スデンオレントは低い声でつぶやいた。

「知ってる人？」

メリがたずねる。メリにもスデンオレントのことばが聞こえるようだ。

ひじょうに、ひじょぉぉぉうに危険《きけん》な人物だ。そうとしか、いいようがない。

「あなたのことだって、危険《きけん》だという人たちはいるけど」

メリがいいかえす。スデンオレントは鼻を鳴らした。

「いますぐ海辺に向かって出発する？」

そうたずねたのはアリーサだ。

いや、まだだ。真夜中になってからにしよう。

「どうして真夜中なの？」
メリがふしぎそうな顔をする。
真夜中の暗やみの中でなすべきことが、あるものなのだ。
それ以上、ふたりはなにも聞かなかった。

真夜中、アリーサとメリはステンオレントの鼻づらにつつかれて目をさました。ステンオレントは鼻をひくひくさせて、あたりのにおいをかいでいる。

近くに風の子の巣があるな。おいしい小さな風の子たちの……。

「だめ。ひとりでも風の子を食べた

りしちゃいけません」

メリがぴしゃりといった。

小さいのをいっぴき、弁当《べんとう》がわりにどうかな……?

「だめよ」今度はアリーサがいった。

「花園のみんなに約束したんだから」

スデンオレントはがっかりした顔でためいきをついた。それから、ふつうのオオカミの二倍ほどに大きくなった。そしてアリーサとメリに、背《せ》に乗りなさい、といった。ふたりはいわれたとおりにした。メリが前になり、アリーサはそのうしろにまたがる。アリーサはメリの腰《こし》に腕《うで》をまわして背中《せなか》にほほをおしつけ、スデンオレントが夜の花園を走りだすと、しっかりと力をこめてつかまった。

暗やみにつつまれたふしぎの花園は、昼間とはちがう音とにおいでいっぱいだった。さやさや、ざわざわという音、はるかな呼《よ》び声、小さな鈴《すず》の鳴る音。スデンオレントの走りかたはやわらかくかろやかで、足の先は、道にも石にも木の根っこにもほとんどふれていない。花園は、あるときは森になり、あるときは草原になって、深くしげった草のつゆが、草原を越《こ》えていく三人の足をぬらした。

スデンオレントの筋肉《きんにく》の動きを感じ、メリの心臓《しんぞう》が打つ音を聞いていると、アリーサは心が落ちついた。

行く手になにが待ちうけているのか、自分たちがこれからどんな目にあうのか、わからないけれど、こわくはない。なにがあっても、いっしょなら乗りこえられる。アリーサにはそれがわかっていた。

とうとう三人は海辺についた。空には五つの月がすべてかがやき、その光をうつして、海の波は銀色をしている。

ここはメダマルン海だ。

スデンオレントがいった。

「メダマルン？　それ、なんのこと？」アリーサが聞く。

いまにわかる。

海辺には長い桟橋《さんばし》があり、そのつきあたりに船がとまっていた。

あの船は火花号という。乗組員がねむっている真夜中にやってきたのだ。だからこそ、だれにも知られないように乗りこまなくてはならない。

「どうして知られちゃいけないの？」そういったのはメリだった。「乗組員に、乗せてもらえませんか、って聞けばいいんじゃない？」

火花号の乗組員は、あらくれで、仕事熱心だ。小さな女の子を乗せたりしたら旅がめんどうなことになるといって、いやがるだろう。だからおまえたちは、船がすっかり沖《おき》に出てしまうまで、かくれていなくてはならない。

スデンオレントは金色の目にきびしい表情《ひょうじょう》をうかべてふたりを見ている。やがてその目がやさしくなった。

さあ、いきなさい。別れのことばはいらない。

いまになって、アリーサは気づいた。もしかすると、スデンオレントのすがたを見るのは、これが最後かもしれない。ふしぎの花園そのものも。メリも同じことに気づいたらしい。ふたりはなにもいわずに、スデンオレントをぎゅっとだきしめた。

スデンオレントはオオカミからトンボにすがたを変えると、まずメリの足もとに、それからアリーサの足もとに飛んできた。スデンオレントがふたりの足首にキスすると、ハートの形のあとがついた。

おまえたちに、しるしをさずけた。おまえたちはつねに、スデンオレントの祝福のもとにある。

そういうと、スデンオレントは空高くまいあがり、月の光の中へ消えていった。ふたりは音をたてずにそっと桟橋《さんばし》を歩いて、火花号に近づいた。

船の上ではいかつい男がひとり、見張《みは》りについていた。乗組員というより海賊《かいぞく》みたいだと、アリーサは思った。まっ黒なぼろぼろの服を着て、髪《かみ》の毛とひげはぼうぼう、ベルトにはナイフがすくなくとも十本はぶらさがっている。ただ、運のいいことに、男は船の手すりにもたれたまま、大きないびきをかいていた。

ふたりは、ネコの寝息《ねいき》ほどの物音もたてずに見張《みは》りのわきをすりぬけると、船の甲板《かんぱん》に足をふみいれた。アリーサはかくれる場所がないかと必死であたりを見まわしたが、そのときメリに手をつかまれ、救命ボートのところへ引っぱっていかれた。

ここなら百点満点だ。ならんでいるボートのひとつに、ふたりしてもぐりこみ、防水《ぼうすい》シートをかぶる。たちまち暗やみにつつまれて、ふたりは安全なかくれ場所にいた。

そのままふたりは、ことりとも音をたてず、身動きもせず、ほとんど息もせずに、長いこと横になっていた。

「こわい？」

やがてアリーサは思いきって、ひそひそ声で聞いてみた。

「ううん、アリーサといっしょだもん」メリがこたえた。

こんなに緊張《きんちょう》してるんだから、ねむくなるわけがない、とアリーサは思った。ところが、一定のリズムでゆれている船の動きのせいか、まっ暗やみのせいか、それとも、となりにいるメリの規則《きそく》正しい呼吸《こきゅう》のせいなのか、アリーサはうんと小さかったころのように、深いねむりにすとんと落ちてしまった。

ふいに、目がさめた。防水《ぼうすい》シートのすきまから、朝のまぶしい光がさしこみ、広い海の潮《しお》の香《かお》りが流れこみ、そしてキツネの鼻づらがのぞいている。銅《どう》のように赤黒い鼻づらはひくひく動き、大きな音をたてながらにおいをかいでいた。

「ウサギくさいぞ」

ほえるような声。キツネの声にちがいない。

アリーサとメリは、あっさりつかまってしまったのだった。

9 メダマルン海

太陽がぎらぎらと照りつけている。救命ボートから引きずりだされたアリーサとメリは、甲板《かんぱん》のまんなかに立たされていた。火花号の乗組員が全員そろい、すきまなく輪をつくって、ふたりを取りかこんでいる。これからふたりをどうするか、決めようとしているのだ。

乗組員は全部で十二人、男も女もいた。だれもかれも、最初に見かけた、見張《みは》りなのにいねむりしていた男と同じくらい、あらっぽい感じだ。みんな頭はぼさぼさだし、服はつぎはぎだらけで、いろいろなアクセサリーや武器《ぶき》を、見せびらかすように身につけている。顔には戦いの化粧《けしょう》が色とりどりにほどこされ、口からとびだすのは、アリーサならぜったい口にできないような、きたないののしりことばの連続だった。

アリーサたちを見つけたキツネも、乗組員らしい。

「おれさまは船乗りキツネのロックス」キツネはほこらしさのにじむ声で名乗った。「おれさまの仕事は、あらしのにおいと、船にいるウサギのにおいをかぎつけることだ」

「船にいるウサギって、なんのこと？」

メリがアリーサに小さな声で聞いた。するとロックスが、きつい目でメリをにらみつけた。

「密航者《みっこうしゃ》のことさ。おまえらみたいなやつだ」

女の乗組員のひとりがアリーサとメリに近づいてきて、ふたりの着ているものをうさんくさそうにじろじろながめ、腕《うで》をつついたり、鼻を鳴らしたりしている。やがて、こういった。

「さて、あんたたち、どうしてやろうかね。引きかえして、浜辺《はまべ》にほうりだしてしまおうか。それとも、なにかの役に立つなんてことがあるかねえ？」

アリーサは勇気をかきあつめ、背《せ》すじをのばすと、口をひらいた。

「船長さんとお話をさせてもらえませんか」

乗組員たちは顔を見あわせていたが、やがてどっと笑い声をあげた。船乗りキツネのロックスも、みんなといっしょになってほえるような独特《どくとく》の笑い声をあげている。

アリーサとメリは、とまどって顔を見あわせた。

「あのな、おじょうちゃんたち」

大笑いがおさまって口がきけるようになると、男の乗組員がいった。

「火花号には、船長なんかいないんだよ。この船ではな、だれがいちばんえらいとか、だれ

がいちばん下だとか、そういう考えかたはしない。みんながどんな仕事でもするし、どんなことでもみんなで決める。全体のまとめ役は、ひとりずつ交代でやるんだ」

「だったら……」

アリーサはいいかけて、ごくりとつばを飲んだ。波にゆられる船の動きで胃の中がかきまわされるが、負けずにことばをつづける。

「ふしぎの花園でクフ・ローが、わたしとここにいる友だちのメリのことで予言をしました。わたしたちにはこのシスターランドで果たすべき使命があるんです。それは、この世界をおさめている女王リリを見つけだすこと。女王はわたしたちの世界に雪をふらせつづけています。このままだと家がみんな雪にうもれてしまう――人間も！　わたしたちは世界を救わな……」

それ以上つづけられず、アリーサは走ってその場をはなれると、海に向かってはいた。

「使命ねえ」女の乗組員のひとりが、フンと鼻を鳴らしていった。「そうなのかもしれないけどさ、こっちとしては、船にとってなにがいちばんかを考えなくちゃいけなくてね」

メリが乗組員たちに、小さいころずっとヨットに乗っていたから、どんな仕事でもして火花号の役に立ってみせます、とうったえる声が、はいているアリーサの耳に聞こえた。乗組員たちはふたりのいったことについてじっくり話しあっている。

アリーサは、力がぬけてふるえる足で、どんな決定がいいわたされるか聞くために、もとの場所へもどった。

とうとう、永遠《えいえん》につづくかと思えた話しあいが終わるときがきて、乗組員たちはこういった。

「船はもうだいぶ沖《おき》に出ているし、われわれとしてはいまさら引きかえすつもりはない。おまえらに一週間やる。そのあいだに、まちがいなくこの船の役に立つことを証明《しょうめい》してみせろ。もしも、おまえらにめしを食わせるのがむだなことだとわかったら、どこかの小島におきざりにして、おまえらを運命の手にゆだねることとする。以上が火花号の決定である。不服をもうしたてる権利《けんり》はだれにもない」

その週のはじめのうちは、アリーサにとって悪い夢《ゆめ》のような毎日だった。船酔《ふなよ》いがずっとつづき、死んでしまうと本気で思った。毎日、何度もはいてしまい、メリとふたりの寝室《しんしつ》と決められた小さなキャビンで横になっている以外、まったくなにもできなかった。

もしもひとりで密航《みっこう》していたら、波間にあらわれた最初の小島にほうりだされたにちがいない、とアリーサは思った。メリがいっしょにいてくれて、よかった。

メリは、船の中にふたりの居場所《いばしょ》をあっというまにつくりあげた。小さなころずっとヨットに乗っていた、というメリのことばは、うそではなかった。船の上にいるメリはいきいきとして、リスみたいにマストによじのぼり、帆《ほ》やロープのあつかいもうまく、アリーサが名前を聞いたこともなかったロープの結びかたをいろいろと知っていた。メリはたちまちのうちに、どんなものも、どんな相手もおそれない、まぎれもない火花号の一員になった。

メリはときどき、濃《こ》いお茶や、保存食《ほぞんしょく》のかたいパンを持ってアリーサのそばにやってきて、髪《かみ》をなでてくれた。

「だいじょうぶ、かならずよくなるから」

アリーサが気分の悪さをうったえると、メリはそういった。

そんなの信じられないよ、というのがアリーサの気持ちだった。けれどさいわいなことに、メリのいうとおりだった。不安な四日間がすぎて目をさましたとき、アリーサはすっかり気分がよくなっていたのだ。具合の悪さは消えていた。船のゆれや波の動きに体がなれるまでに、それだけの時間が必要だったらしい。

それからの三日間で、メリはアリーサに、船で役に立つにはなにをすればいいか、すっかり教えてくれた。メリとちがって、高いところにのぼるのは苦手なので――考えただけでまた気分が悪くなりそうだった――アリーサはいっしょうけんめいに甲板《かんぱん》をみがいたり、船底のせまいすきまにもぐりこんで、ひびわれを直したりした。ひびわれが大きくなると、そこから水がしみこんでくるかもしれないのだ。

一週間がすぎるころには、アリーサとメリはすっかり火花号の一員になっていて、もうだれも、ふたりをさびしい小島におきざりにしようなんていわなくなった。

乗組員たちは（キツネのロックスはべつとして）、〈1月〉から〈12月〉まで、月にちなんだ名前を持っていることがわかった。

「自分の名前の月がきたら、まとめ役の当番になるってわけよ」そう説明してくれたのは〈5月〉だ。

「じゃあ、ロックスは？」アリーサはたずねた。「ロックスはいつ当番になるの？」

すると、その場にやってきた〈4月〉が笑いながらいった。

「ロックスはたしかに正式な乗組員だが、まとめ役をまかせるわけにゃいかないさ。なんだかんだいっても、やっぱりキツネだからな。キツネは自由にさせといてやらんと」

「聞こえてるぞ！」ロックスがほえた。「悪口をいうなよ、さもないと、つぎにあらしのにおいをかぎつけても教えてやらないからな！」

「そのときは、あんたのその毛むくじゃらのケツも、ぐしょぬれってわけね」

そういって、〈2月〉が大きな笑い声をあげた。


それから一週間もすると、アリーサは海の上の暮《く》らしを楽しむようになっていた。海はいつまで見ていても見あきない。もちろん海なら、もとの世界でも見たことがあったけれど、こんなふうじゃなかった。もっと色あせていて、なんとなくつまらない感じだった。

メダマルン海はあざやかな青と緑とターコイズブルーで、現実《げんじつ》とは思えないほどだ。日の光にかがやきながら、動き、波うち、白いあわを乗せた巨大《きょだい》な波になったかと思うと、鏡のようにおだやかになる。海はつねに生きていて、たえまなく変化し、いたずら好きで、いつもそばにいた。海が歌を歌ったり笑ったりしていると感じることが、しょっちゅうあった。

海は潮《しお》と自由とふしぎな色のにおいがした。

甲板《かんぱん》に波しぶきがとびちり、ほほやくちびるをぬらすと、海が陽気なキスをしてくれたみたい。アリーサがくちびるをなめてみると、しおからいその味は、おいしくてさわやかだった。

メリと海。メリの名前は〝海〟という意味だけれど、これまでアリーサはそれについてあまり考えたことがなかった。いま、船の甲板《かんぱん》にいて、髪《かみ》を風になびかせているメリを見ると、なんてぴったりの名前なんだろうと思う。

メリは海そのものだった。いつも動きまわっていて、いきいきとして、笑ったかと思うとまじめな顔になる。メリは海みたいに人の心を引きつけ、おどろかせ、つぎになにをするか予想がつかなかった。メリが笑うときは、口がにっこりするより先に、目の中にほほえみがきらめいて、そのようすは海の波のきらめきに負けないくらい美しかった。

それにしても、火花号の乗組員たちはいったいなんの仕事をしているのだろう。なんのためにメ

ダマルン海を航海しているのだろう。

ある日、船乗りキツネのロックスが、それをふたりに教えてくれた。

「おれたちはな、おぼれてしまった物語を海から引きあげる漁をしてるんだ。世界には、わすれられたり、うしなわれたりした物語が、どっさりある。そういう物語は、メダマルン海に流れついてただよっていたり、海の底にうもれたりしているのさ。おれたちの仕事は、そういう物語をさがしだし、あみで引きあげて、保存《ほぞん》することだ。そして、おぼれた物語を集めた大きな図書館を、ふしぎの花園につくるんだよ」

つぎの週、火花号は、文字の糸であんだ〈物語あみ〉に、おぼれた物語が波を越《こ》えてつぎからつぎへとかかってくる海域《かいいき》にいきあたった。

ガラスびんに手紙としてつめられた物語もあった。流木にきざみつけられた物語も、小さな本に書かれて鉄の箱にしまわれていた物語もあった。物語は貝がらの中にも入っていて、耳にあてると海のざわめきにまじって物語が聞こえるのだった。

火花号の乗組員たちは喜びにわきたった。こういう瞬間《しゅんかん》があるからこそ、何週間もつづく航海にも、あれくるう海にも、量が少なくて変わりばえのしない食事にも、耐《た》えられるのだ。

うれしそうなみんなのようすをながめながら、アリーサは自分の世界のことと、その世界から消えてしまった物語のことを考えていた。物語を救う人はいるのかな？　きっといないんだ、ほんとうは救わなくてはならないのに。

えものがすっかり船に引きあげられ、貨物室に積みこまれたあと、アリーサとメリはメダマルンがどんなものかを見るチャンスにもめぐまれた。アリーサが水を取りにキャビンにもどっていたら、メリが甲板《かんぱん》でさけんだのだ。

「アリーサ！　早くきて、あれ見てよ！」

甲板《かんぱん》へ走っていったアリーサの目に、その光景がとびこんできた。

メダマルンの群《む》れだ。メダマルンはまんまるで、大きなビーチボールくらいのサイズだった。ひとつの目玉に、黒目がすくなくとも十個《こ》はくっついているような見かけだ。波間をイルカのようにはねまわり、ときどき水にもぐってすがたが見えなくなったかと思うと、また飛びだしてくる。

あんまりおもしろくて、アリーサは声をあげて笑ってしまった。メリもいっしょに笑っている。

「ねえ、わたしたちって、スデンオレントや風の子や、おぼれた物語や、メダマルンが存在《そんざい》する世界にいるんだよ！」

　メリは高い声でさけんだ。

「わたし、ぜったいにわすれない。死ぬまでぜったいに」

　メリの楽しい気持ちを、アリーサもわかちあいたかった。だけど、心の中の小さな声が、ほんとにそれでいいの、と問いかけてきた。自分の家の自分の部屋がどんなだったか、パパのミドルネームがなんだったか、おねえちゃんが好きな色はむらさき色だったか、それとも赤だったか、そんなことをもう思いだせないというのに、家に帰ってからもすべてのことをおぼえているなんて、どうして自信たっぷりにいえるだろう。

　家。それは、またしてもアリーサが、何日ものあいだわすれていたことばだった。ふたりがこの船に乗っているのは、自分たちの世界を救い、家に帰るためだというのに。

10 ハートの小島

夕方になると火花号ではパーティーがはじまった。乗組員たちはあらあらしくてにぎやかな音楽をかなで、ロックスがみんなにキツネのダンスを教えてくれた。いろんなやりかたでとんだりはねたり、自分のしっぽをつかまえようとしたりするダンスだ。

夜がふけて暗くなると空には五つの月がのぼり、つかれたアリーサとメリは、ふたりだけですみっこへいって、おだやかな海をながめたり、ランプのようにひとつまたひとつとかがやきはじめる星をかぞえたりした。

火花号はゆっくりとすべるように進み、ひとときのあいだ、宇宙《うちゅう》がまるごと、完璧《かんぺき》なすがたをとって、ゆったりとそこに存在《そんざい》するような気がした。そのとき、波間にぽつんと小さな島がそそりたっているのが、ふたりの目に入った。

「もしも役立たずだったら、わたしたち、あんな島におきざりにされるところだったんだね」

メリが笑う。

「そうならなくてよかったよね」アリーサはこたえた。「あの島だって、そんなに悪くはないかもしれないけど。ほら、見て。あんなにきれいで、ハートの形をしてる」

ふたりは小島をながめていた。やがて顔を見あわせると、声をそろえてこういった。

「ハートの中にかぎがある！」

ふたりはみんなのところへ走っていきながら、大声でさけんだ。

「船をとめて！　あの島にいかなくちゃ！」


アリーサとメリは救命ボートをこいで小島にわたった。島はほんとうに、きれいなハートの形をした岩でできていた。岩の表面はすべすべして、一日じゅう太陽に照らされていたせいか、まだあたたかい。島のまんなかに小さな穴《あな》があった。ふたりは

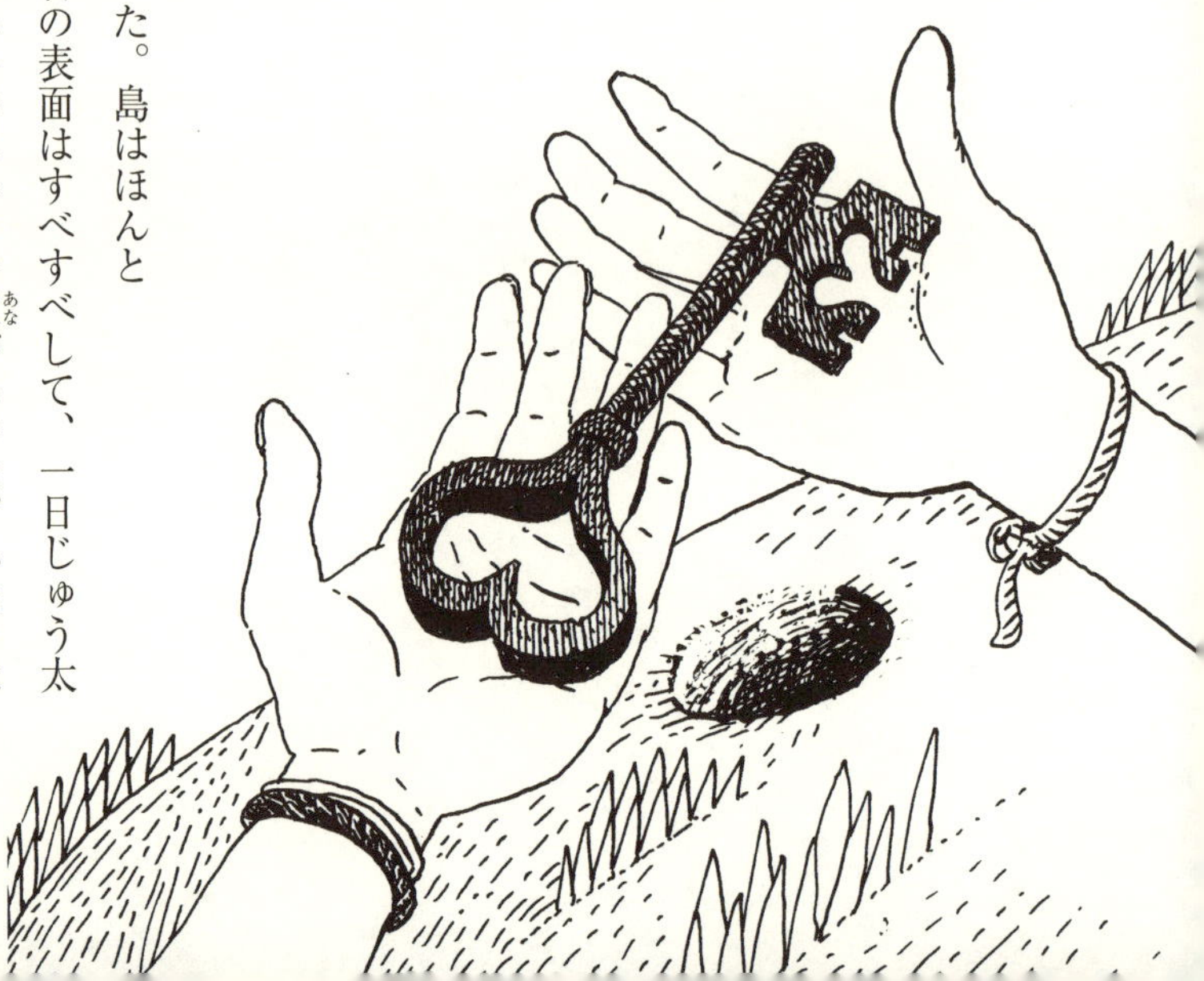

中をのぞきこんでみたが、深いので底は見えない。船から持ってきたランプで照らしても、中にかぎがかくされているかはわからなかった。

「手をつっこんでみるしかないよ」アリーサがいった。

「中に生きものがいて、かみつかれたら？」メリは心配そうだ。

「そのときはそのときだよ」そういうと、よけいなことを考えてしまう前に、アリーサは穴《あな》に手をつっこんだ。

暗い岩穴《いわあな》の中を手さぐりしたが、底までとどかない。腕《うで》を肩《かた》まで穴《あな》の中につっこんで、すこしでも奥《おく》までとどくよう、腹《はら》ばいになる。すると指先に、なにかひんやりした、金属《きんぞく》でできたものがふれた。

アリーサはさらに一ミリか二ミリ手をのばし、ようやくかぎをつかんだ。穴《あな》から取りだす。それからメリとふたり、だきあって喜んだ。もしもこの島に気づかず、ここがかぎのかくし場所だとわからなかったら、船はとおりすぎてしまい、かぎは永遠《えいえん》にみつからなかっただろう。

ふたりはかぎを持って火花号の甲板《かんぱん》にもどると、乗組員たちに全員集合してほしいとたのんだ。

「火花号の仲間でいられたことは、わたしたちの喜びであり、名誉《めいよ》でした」

まずアリーサが口をひらいた。

「けれど、わたしたちにはたいせつな使命があります。そしていま、かぎを見つけたということは、わたしたちはもういかなくちゃならないってことだと思うんです」

メリもいった。

「もしも女王リリをさがしだすことができなかったら、わたしたちの世界は雪にうもれ、永《えい》遠《えん》の冬と寒さに支配《しはい》されてしまいます」と、アリーサ。

火花号の乗組員たちの口から、思いやりにみちたつぶやきがもれる。

「おれたちみんな、よくわかるよ」〈11月〉がいった。「はるかなむかしには、この世界にも季節があったんだ。それがいまじゃ、永遠《えいえん》につづく夏しかない。いつまでも夏ってのも、いつまでも冬ってのも、どっちもいいことじゃないよな」

「予言では、海を越《こ》えてかぎを見つけろってことのほかに、なにかいってたのか？」

キツネのロックスが聞いた。

「なにかドラゴンの手を持つ少女のことをいってたわ。だけど、ちょっとはっきりしなくて」アリーサがこたえる。「そもそもドラゴンなんてもういないんでしょ？　夢織《ゆめお》りたちがいってたんだけど、いまではドラゴンが空を飛びまわるのは夢《ゆめ》の中だけだって」

「ドラゴンの島のうわさなら、聞いたことがある。でも、どこにあるのか知っている者はだれもいないんじゃないかな」〈3月〉がいった。「ただのおとぎ話かもしれないし」

「そうね。それから予言では、わたしたちは〝遊園地を解放《かいほう》〟しなければならない、ともいっていた」今度はメリがいった。

「ふううーむ」ロックスが考えこんでいるように長く声をもらした。「そのことなら、手をかしてやれるかもしれないぞ。とある島に、みすてられた遊園地があるんだ。おれたち、いってみようとしたことはあるんだが、中に入れてもらえるのは、親友どうしの女の子がふたり、いっしょに足をふみいれるときだけなんだ」

「きっと、そこがさがしてる場所よ！」アリーサはうれしくなってさけんだ。

「明日の朝になったらすぐに、あんたたちを送っていってあげるよ」

〈7月〉が約束してくれた。

11

リリアンナ

火花号はアリーサとメリを遊園地の島の浜辺《はまべ》まで乗せていってくれた。乗組員たちはふたりをやさしくだきしめ、ののしりことばをいせいよく口にして、別れをつげた。

「また会えるよな」

キツネのロックスが、待ってるぜというようにほえている。

「今度はウサギとして、もっとうまく密航《みっこう》するからね」

メリは笑っていった。

おぼれた物語をもとめてあらたな旅へと針路《しんろ》を取った火花号に、ふたりはいつまでも手をふっていた。

みすてられた遊園地は、まわりを高くそびえるフェンスにかこまれていて、鉄の棒《ぼう》がならぶ門があった。門の上のほうに、くねくねした文字でなにか書かれている。

「リ、リ、ア、ン、ナ」アリーサはひとつずつ文字を読んだ。「なんのことだろう？　女王と関係があるのかな？」

　メリが肩《かた》をすくめた。

　門のいちばん高いところに、金属《きんぞく》でできたワタリガラスの像《ぞう》がある。とつぜん、その目に光がともり、ワタリガラスはふたりのほうへ顔を向けた。ワタリガラスが首をまわすと、さびた金属《きんぞく》がきしむ音がした。もう長いこと動いていなかったようだ。

「リリアンナの門をとおるのはだれだ？」

　ワタリガラスは、金属《きんぞく》のようにするどい、不気味《ぶきみ》な声でいった。

「アリーサとメリです」アリーサがこたえる。

　ワタリガラスはくちばしを打ちならした。首をまげながら、ふたりの顔をかわるがわるながめる。

「おまえたちはわたしが待っていた相手ではないな。だが、ふたりは親友どうしだ。門をとおるがいい」

　門は、ギーッと音をたてて、のろのろとひらいていった。アリーサとメリは遊園地の中へ足をふみいれた。ゆうれいでも出そうな感じなのに、夢《ゆめ》の中みたいでうっとりしてしまう場所だった。

なにもかもが、ほこりをかぶったり、さびついたりしていて、そこらじゅうにクモの巣がはっている。けれど、ぶあついほこりの下からは、乗り物の美しい色がいまもうっすらとのぞいている。観覧車《かんらんしゃ》にはツタがはいのぼり、ゴンドラにからみついている。木製《もくせい》のジェットコースターは、ほんのちょっと風がふいただけでギシギシとうめいている。メリーゴーランドの馬は輪になって、すぐにでも走りだしそうなようすで前足をあげたまま、だまって立っていた。

アリーサとメリがさらに進んでいくと、建物や乗り物に、ぼんやりした色つきのあかりがともって、スピーカーから古いワルツの曲が静かに流れはじめた。あかりと音楽のおかげで、遊園地は魔法《まほう》がかけられたような雰囲気《ふんいき》になった。

「いったいここって、だれのためにつくられたんだろう?」

メリはふしぎそうに聞いた。アリーサにもわからない。

ふたりがミラーハウスのところまでくると、ドアが勝手にあいて、ドアの上に〈ようこそ!〉と光の文字があらわれた。アリーサとメリはおたがいの顔をちらりと見てから、心を決めて中に入った。ところが、ミラーハウスなのに部屋はひとつきり、鏡も一枚《まい》しかない。おまけに、鏡にうつっているふたりのすがたは、ふだんとなにも変わらない。もう、ほかのところへいこう、ふたりがそう思ったとき、鏡にうつったすがたが変わりはじめた。

最初はうんと背《せ》がのびて、それからとても小さくなり、がりがりにやせたかと思うと、ふとっちょになる。あんまりへんてこなので、ふたりは声をあげて笑った。笑っているふたりの口は、鏡の中でものすごい大きさになり、ぽっかりあいた穴《あな》みたいになった。それから鏡は、ふたりの手足をありえないくらい引きのばした。

鏡はふたりのすがたをありとあらゆる形に変え、ついには上下さかさまにしたが、とつぜん消えてなくなって、あとには木のかべが残った。

なにもないただのかべとはちがう。近づいてみると、アリーサとメリと同じくらいの年ごろの、ふたりの女の子のすがたがえがかれていた。女の子たちは手をつないで、にっこりとほほえんでいる。

女の子のうち、ひとりの頭の上には〈リリ〉、もうひとりの頭の上には〈アンナ〉と書いてあった。

「女王リリ」メリがいって、そうっと絵にふれた。「これ、子どものころの女王リリにちがいないわ」

「だけど、アンナってだれ？」

「わからないけど、リリにとってたいせつな人だったんじゃないかな」

そのとき、絵のまんなかが二枚《まい》のとびらとなってひらいた。とびらの向こうはうす暗いクローゼットになっている。

「これ、なんなの……?」

アリーサがつぶやいたとたん、クローゼットの中にあかりがついて、オルゴールみたいな音楽が流れはじめた。

クローゼットの中にはワンピースが二枚《まい》つるしてあった。ちょうどアリーサたちに合いそうなサイズだ。一枚《まい》は春らしい、あわいグリーンで、もう一枚《まい》はやさしい色あいのグレー。

アリーサとメリはワンピースにふれてみた。やわらかくて軽く、シルクのようにすべすべしていながら、しっかりした生地《きじ》だ。

「これ、わたしたちのためにおいてあるのかな?」メリはふしぎそうだ。

「わかんないけど。着てみようよ」

アリーサはグリーン、メリはグレーのほうを着てみた。ぴったりだ。これまで着ていた服はもうぼろぼろで、ところどころやぶれていたので、ふたりはワンピースをもらっていくことにした。

ミラーハウスを出ると、弓矢のコーナーが目に入った。的のまんなかに矢をあてれば、大きなぬいぐるみがもらえるらしい。天井《てんじょう》に動物のぬいぐるみが列をなしてぶらさがっている。

「クフ・ローがいってたこと、おぼえてる？」アリーサは聞いた。「わたしたちは〝遊園地を解放《かいほう》〟しなければならない、っていってたんじゃなかった？」

「そのとおり」メリがこたえる。「アリーサも、わたしと同じことを考えてる？」

ふたりは同時に弓を取り、それぞれ的に向かって矢をはなちはじめた。最初のうち、矢は的をそれたり、あたっても的のはしっこだったりしたが、ふたりともだんだんうまくなっていった。

とうとうアリーサがまんなかにあてると、天井《てんじょう》から大きなクマのぬいぐるみがやわらかい音をたててふんわりと落ちてきた。つぎの瞬間《しゅんかん》、クマは息をふきかえし、心の底からおどろいた顔で目をこすりながら、こういった。

「おやおや！　ずいぶん長いことねむっていたようだね」

アリーサとメリは、最後のぬいぐるみを救うまで矢をはなちつづけた。ぬいぐるみたちは、地面にふれると息をふきかえし、びっくりしながらもうれしそうな顔をしている。やがて動物たちはアリーサとメリのまわりに集まってきた。

「おお、われらが君主さま」大きなぬいぐるみのトラがおじぎをした。「わたくしどもに、なにをお望みでしょうか?」

「好きなようにしてよ」メリがいった。

動物たちはとまどって顔を見あわせた。好きなようにしていいなんて、一度も考えたことがなかったかのようだ。けれどそのうちに、大きな声をあげたり、とびはねたり、ばんざいとさけんだり、宙返《ちゅうがえ》りをしたり、遊園地じゅうを走りまわったりしはじめた。大喜びしている動物たちを見て、アリーサとメリはにっこりとほほえんだ。

「だけどね、メリーゴーランドの馬がかわいそうじゃない?」メリが思いだしていった。

「なんとかしてあげられないか、見にいってみようよ」アリーサはさそった。

メリーゴーランドは、しんとしたままもとの場所にあって、馬たちもぴくりとも動かない。アリーサは、馬に取りつけられている手《た》づなやくらをはずしはじめた。メリも同じことをしている。すべての馬の装備《そうび》をはずしおえたとき、とつぜんメリーゴーランドがガタガタと動きはじめ、楽しげなのにどこかさびしそうなピアノの曲が流れはじめた。

あわててとびのいたふたりは、最初はゆっくりだったメリーゴーランドの回転が、どんどんスピードを増《ま》していくのを見まもった。とうとう、あまりのスピードに、馬を一頭ずつ見わけるのがむずかしくなってきた。やがてメリーゴーランドの屋根が空へまいあがって飛んでいき、馬たちは自由になって走りだした。若々《わかわか》しい子馬のように大またでかけまわり、うれしそうにいなないている。

「わたしたち、ひとり残らず自由にしたかな？」アリーサがいった。

「まだ、ワタリガラスがいるじゃない！」メリがさけんだ。

ふたりはワタリガラスが門番をしている遊園地の門へもどった。

「ねえ、ワタリガラスさん！」ふたりしてよびかける。

ワタリガラスはふたりのほうへ首をまわし、光るその目はぎらついていた。

「あなたのこと、どうやったら自由にしてあげられる？」メリが聞いた。

「わたしはつねに自由だ」

「門番のほかに、やりたいことはないの？」今度はアリーサが聞く。

「ない。これがわたしのつとめだ」

「森や庭を飛びまわりたくはない？　ワタリガラスの仲間が見つかるかもしれないわよ？」

アリーサはいってみた。

「けっしてそんなことを望みはしない」ワタリガラスは重々《おもおも》しくこたえた。

アリーサとメリはたがいに顔を見あわせて、肩《かた》をすくめた。

相手がだれでも、むりやり自由にすることなんてできない。

それに、一生のあいだつとめを果たしつづけたいと思うなら、それもやっぱり自由だ。

「ところで、ドラゴンのことを教えてもらえない？　ドラゴンっていまでもいるの、それともただのおとぎ話？」メリがたずねた。

ワタリガラスは、考えごとをしているかのように首をかしげた。

「もちろんドラゴンたちはいまでもいる」やがてワタリガラスはゆっくりといった。「自分たちだけの島を持っていて、ぶあついけむりのカーテンが、その島をすきまなく取りかこんでいる。ただ、どういうわけか、ドラゴンたちはもう長いこと空を飛んでいないのだ。みずからすすんでドラゴンの島をおとずれた者など、ひとりも知らない」

「どうしたらその島にいける？」アリーサがたずねた。

「けむりのにおいのするほうへいけばよい。そうすれば、たどりつけるだろう」


アリーサとメリは、遊園地に流れる魔法《まほう》の川で小さなボートを手に入れた。ボートを水にうかべ、最後にもう一度遊園地の島をふりかえると、ぬいぐるみの動物たちとメリーゴーランドの馬たちが、ジェットコースターに乗ったり、わたあめを食べたり、風船をふくらませたりして楽しんでいるのが見えた。

「もう、みすてられた遊園地には見えないね」メリがいう。

「ほんと。ふたたび発見された遊園地って感じ」アリーサもこたえた。

それからふたりは目をとじて、においを正確《せいかく》にかぎとろうとした。北西の方角から、かすかな風がふいてくる。風に乗って、どこか遠くでだれかがたき火をしているような、うすいけむりのにおいが、たしかにただよってきた。

ふたりはにおいのする方角へボートをこぎだした。においはすこしずつ強くなり、やがて灰色《はいいろ》をしたうすいけむりのうずも見えてきた。けむりはみるみるうちに、濃《こ》い霧《きり》のようにふたりのほうへおしよせてきた。ふたりはぬらした布《ぬの》で口元をおおい、布《ぬの》ごしに息をしたが、それでも肺《はい》が痛《いた》む。目もひどく痛《いた》んで、なみだがとまらなくなった。

ドラゴンの島の浜辺《はまべ》につくと、けむりのカーテンはあまりにぶあつくなって、目と鼻の先になにがあるかさえ見えなくなってしまった。そこで、ふたりはしっかりと手をつなぎ、もう片方《かたほう》の手はボートをこぐように動かしながら、背《せ》をかがめてけむりの中をくぐりぬけていった。

ふと気がつくと、息をするのが楽になっている。さっきまでより空気が澄《す》んでいるみたい。目をあけると、ふたりはけむりのカーテンをとおりぬけて、向こう側についていた。目の前に広がっているのは、ふたりがそれまでに見た中で、どこよりも風変わりな島の風景だった。

12 ドラゴンの島

ドラゴンの島には、その名のとおりたくさんのドラゴンがいた。小さいのや大きいの、美しいのやおそろしいの、体の色もさまざまだ。銀色にかがやくほっそりした体の、気高《けだか》いドラゴンもいる。黒みをおびた体が翼竜《よくりゅう》にそっくりな、怪物《かいぶつ》ドラゴンもいる。

こんなにありとあらゆるすがたをした生きものが集まっているのを、アリーサもメリも見たことがなかった。すがたはいろいろでも、生きものたちにはみな、なにかしらドラゴンだとわかる特徴《とくちょう》があった。

おまけにこの島には、種類も大きさもいろいろなトウガラシが、そこらじゅうにはえていた。赤や緑のトウガラシが、黄色のトウガラシとならんではえていて、さらには青いトウガラシや、水玉もよう、しまもようのもある。ふたりが自分たちの世界では見たこともないものばかりだ。

ドラゴンとトウガラシのほかには、アクセサリーや宝石《ほうせき》やコインをつみあげた、大きな山がいくつもあった。人間が想像《そうぞう》するとおり、ドラゴンたちの宝物《たからもの》はすべて、ひとつの場所に集められているのかもしれない。

なにもかもがきらきらとあざやかにかがやき、色とりどりだった。木の枝《えだ》には、さまざまな色あいの大きなランプやシャンデリアがたくさんぶらさがっている。というのも、けむりのカーテンは島のまわりにたちこめているだけでなく、島の上の空もおおっているので、太陽の光がとどかないのだ。ほんとうのところ、けむりのカーテンがいちばんぶあつく、とてもくぐりぬけられそうにないのは、島の上だった。

しかし、この島でもっともふしぎなのは、ドラゴンたちがふとい金色のくさりで島のまんなかにある岩につながれていることだった。それなのに、ドラゴンたちはちっともいやがっているように見えない。きげんよさそうにトウガラシを食べ、宝物《たからもの》をながめて、ときどきけむりのカーテンに向かって追加のけむりをはきだしている。

アリーサとメリがやってきたのに気づいているドラゴンは、いっぴきもいないようだった。

「こんにちは」アリーサはためしに声をかけてみたが、ドラゴンたちは反応《はんのう》しない。

「こんにちは！」メリがせいいっぱい大きな声でさけぶと、ようやくいっぴきのドラゴンがのろのろとふたりのほうへ顔を向けた。うろこが赤く、年をとっているせいか動きがにぶい。

「おや、やわらかそうなお肉たち、どこからまよいこんできたの？」

ドラゴンは、金のくさりをガチャガチャいわせながら、ふたりのほうへゆっくりと近づいてきた。ドラゴンの息は熱く、けむりのにおいがする。

「わたしたち、食べものじゃありません」

アリーサはそういって、すこしあとずさりした。

「こわがらなくていいよ。この年老いたアイ＝ラはね、あんたたちみたいなのをかじって歯をすりへらすなんて、まっぴらごめんだからね。ほかのドラゴンもみんなそうだよ。ここには世界一おいしいトウガラシがはえているんだもの。あたしたちは、それでじゅうぶんさ」

ドラゴンはかすれた声で笑った。

「みなさんは毎日こんなことばかりしてるんですか？」

メリはそうたずねながら、ほかのドラゴンたちのほうを見やった。みんな、宝物《たからもの》をなでたり、その上でねむったり、トウガラシにかぶりついたり、鼻の穴《あな》からのんびりとけむりをはきだしたりしている。

「どういう意味なの、やわらかお肉ちゃん？」アイ＝ラはおどろいたようにいった。「これがあたしたちのつとめだよ。女王リリが、この島と、ここにある宝物《たからもの》もすべて、あたしたちにさずけてくださったんだ。あたしたちがつとめを果たしているから」

「みなさんのつとめって?」今度はアリーサが聞いた。

「粉雪城《こなゆきじょう》をかくしておくことだよ」アイ=ラはほこらしげだ。

「女王リリの宮殿《きゅうでん》は、この島の上にうかんでいる。けれど、けむりのカーテンがおおいかくしているから、そのすがたはだれにも見えない。あたしたちは女王をお守りしているのさ」

「女王はどうして、みなさんをくさりにつないでるんですか?　みなさんのこと、どれいだと思ってるの?」そうたずねたのはメリだった。

アイ=ラはとまどった顔になって、足首をしめつけている足輪を、はじめて見るもののように見つめた。

「これはあたしたちのアクセサリーだよ。女王リリは、あたしたちのことを深く愛しておられるから、美しい金のかざり

をみんなにくださったんだ」

メリがかっとなったのが、アリーサにはわかった。メリのほほに、怒《いか》りのあまり赤いしみが点々とうかんでいる。

「その人、みんなのことを逃《に》げないようにつかまえてるのよ！　空を飛べないように、くさりでしばりつけて！」

アイ＝ラはふしぎそうに首をかしげた。鼻の穴《あな》からふきだすけむりのうずが、クエスチョンマークみたいだ。

「空を飛ぶ？　なんのこと？」赤いうろこのアイ＝ラはそうたずねた。

アリーサとメリは、ぎょっとして顔を見あわせた。

「空を飛ぶために、ドラゴンは生まれてきたのよ」アリーサが口をひらいた。「飛ぶことは、自由ってことなの。みんなをちょっと集めてくれたら、飛ぶってどういうことか、わたしたちが教えてあげる」

飛ぶってどういうことかを説明するのは、かんたんではなかった。なにしろ相手は、飛ぶことをわすれてしまったか、一度も飛んだことがないか、どちらかなのだ。おまけにアリーサもメリもごくふつうの女の子で、飛べるわけではなかったから、説明はよけいにむずかしかった。

アイ＝ラは、アリーサたちの話を聞くために、島じゅうのドラゴンをいっぴき残らず集めてくれ、ドラゴンたちは輪になってふたりを取りかこんでいた。アリーサを見つめるドラゴンたちの目は、金や緑や、むらさき色や、溶岩《ようがん》のような黒にかがやきながら、よくわからないな、という表情《ひょうじょう》をうかべている。

アリーサは、流れる空気がつばさの下にあたるとどんな感じするか、空の上ではさえぎるものもなく、どんなに遠くまで見わたせるか、説明しようとがんばった。ドラゴンたちは、つばさを広げたり、けむりのたまった鼻の穴《あな》をふるわせたりしながら、信じられないというように息をはいた。

「わたしが絵をかいてあげるから！」

とうとう、どうしようもなくなって、メリがさけんだ。

メリは、棒《ぼう》きれを一本ひろいあげると、空気を切りさいて飛ぶドラゴンの絵を砂《すな》の上にえがいた。メリの絵はとてもうまく、その絵を見ていると、アリーサも自分が空飛ぶドラゴンになった気がした。自由と野生のにおいを感じた。はるか下のほうに、きらめく海と、緑の森があるのを感じた。うすい雲の中を、アリーサは風を切って飛んでいた。

ドラゴンたちも同じように感じたらしい。みんなそわそわと体を動かし、たがいの顔をちらちらと見ている。

「あたし……」やがて年老いたアイ＝ラが口をひらいた。「あたし、思いだしたよ。ただの夢《ゆめ》だと思っていたけど、そうじゃなかったんだね。あたしは飛んだことがある。飛ぶことは、世界でいちばんすばらしいことだよ」

アイ＝ラは、うろこにおおわれた大きなつばさを広げると、二、三歩地面を走ってから、ふわりとうかびあがった。ところがくさりに引っぱられて、どしんと地面に落ちてしまった。

アイ＝ラはぼうぜんとしている。

「あたしたち、なんとしても空を飛ばなくちゃ。あたしたちはドラゴンなんだから。こんなものから、自由にならなくちゃ」

アイ＝ラは金のくさりをガチャガチャいわせ、足輪をむしりとろうとした。

「女王さまからさずかったアクセサリーなのに！」

ほかのドラゴンたちが声をあげる。けれどその声は、もう自信たっぷりとはいえなかった。

アイ＝ラはほこらしげに頭をあげ、ドラゴンとして生まれたその体を、めいっぱい大きく広

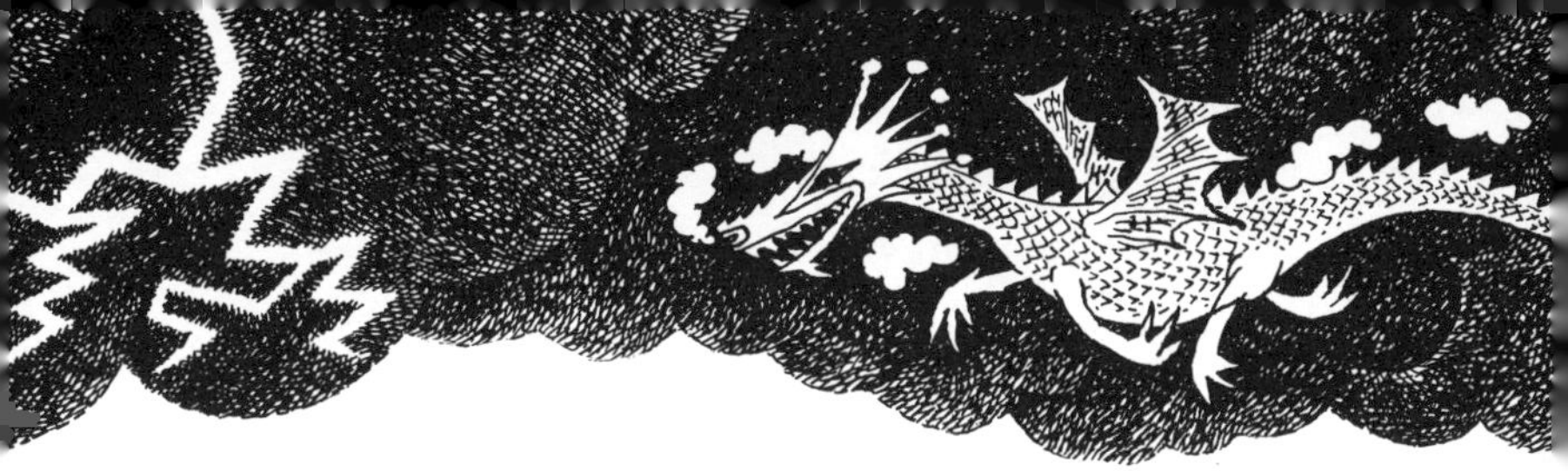

げた。心がふるえるようなながめだった。

「自由になるときがきたんだ」

アイラが高らかにいった。

「でも、どうやって？」

小さな青いドラゴンが、もっともなことをたずねた。

メリがアイ＝ラの足輪をしらべている。ハートの小島で見つけたかぎを、足輪についている錠前《じょうまえ》にさしこもうとしたが、かぎ穴《あな》に合わない。つぎに、ふしぎの花園の中へ入るときに使ったかぎをためした。するとどうだろう、錠前《じょうまえ》がはずれたのだ。

「アリーサ！」

メリは大喜びでさけんだ。

そのときにはもう、アリーサも自分のかぎでドラゴンたちの足輪をはずしはじめていた。ドラゴンたちが、体をふるわせて足輪をはずし、くさりを遠くへけとばすと、ガチャガチャという音が島じゅうにひびきわたった。やがてみんなは、飛びかたを練習したり、思いだしたりしはじめた。

こんなにりっぱで美しく、堂々《どうどう》とした生きものが、じたばたもがいたり、みっともなくつまずいたり、落っこちたりしながら飛ぶ練習をしているようすは、飛ぶことをおぼえはじめたばかりの小鳥のひなと同じで、見ていてかわいそうだった。アイ＝ラは仲間たちに、どうすればいいかいっしょうけんめい教えようとしたが、アイ＝ラの技術《ぎじゅつ》もすっかりさびついてしまっていた。

けれど、それから三日もすると、ドラゴンたちの練習はずいぶんうまくいくようになって、みんなはアリーサとメリになにかおれいをしたいといってくれた。

「予言では、わたしたちはドラゴンの手を持つ少女になる必要がある、といわれたの」アリーサはアイ＝ラにいった。「なんのことだと思う?」

アイ＝ラは考えこんだ。考えながらシュウシュウと息をはきだし、耳からは小さなけむりのうずを、もくもくと立ちのぼらせている。

「ひとつ、方法がある」やがてアイ＝ラは口をひらいた。「だけど、あんたたちが耐《た》えられるかわからない」

「やってみようよ!」

メリがきっぱりといった。

ドラゴンたちは、島の中でもとびきりからいトウガラシを集めてきて、力をさずける飲みものをつくった。それをカップにつぐと、アリーサとメリにそれぞれわたし、ひといきに飲みほすように、といった。アリーサはメリを見た。メリはアリーサのまなざしを受けとめて、うなずいた。ふたりは同時にカップをくちびるにあて、どんなにからいか感じる前に、一度もカップをおろさず、いそいで飲みほした。

ほんとうに、ものすごくからい飲みものだった。飲んだあとすぐにはわからなかったけれど、二、三分たったころ、アリーサは体の中で火の玉がばくはつしたかと思った。口ものどもおなかも、全身が焼けるようだ。汗《あせ》がふきだし、体がふるえだす。顔がまっ赤にほてる。もうじきドラゴンみたいに火をふきはじめるにちがいない。見ると、メリも苦しそうにしている。

メリは助けをもとめるように、右手をのばしてアリーサの左手を取ったが、ふたりとも苦しいのはおさまらなかった。アリーサは目がまわってしまい、きっと背中《せなか》に皮とうろこでおおわれたドラゴンのつばさがはえてきちゃうんだ、と思ったほどだった。けれどもつばさなんてはえてこなかった。そのかわり、つないでいるふたりの手のようすが変わりはじめた。ふたりの手がふくらみはじめたのだ。指が長くなり、つめものびていく。ひふの下からは、いぼやうろこがあらわれた。

ふたりは、こわい気持ちとうっとりした気持ちと、その両方を味わいながら、メリの右手とアリーサの左手がすがたを変えていくさまを見まもった。ひじから先がドラゴンの手に変わっていく。おそろしい猛獣《もうじゅう》の前足、そのつめは、ヒツジを引きさくことさえできそうだ。

手がすっかりすがたを変えてしまうと、焼かれるような苦しさはおさまった。力をさずける飲みものが、そのつとめを果たしたのだ。

「わたしたち、女王に会う準備《じゅんび》がととのったのね」そういって、メリは具合をたしかめるように手を動かした。

「でも、まだ三つめのかぎがないじゃない」

アリーサがそういったとき、ドラゴンの中でいちばん小さな、さっきの青いドラゴンが進みでて、もじもじしながらこういった。

「ぼく、ちょっと考えてみたんです。ほかでもない、あなたたちふたりがひとつになれば女王をたおすことができるのなら、あなたたちのかぎも、ふたつでひとつなんじゃないでしょうか？　これまでに、ふたつのかぎはあなたたちのためにふしぎの花園の門をひらき、ぼくたちの足輪もはずしてくれました。今度は、ふたつのかぎをぼくたちドラゴンがとかして、新しくひとつのかぎを、ふたりのためのひとつのかぎを、つくったらどうでしょう」

ドラゴンたちはいっせいに、いいぞ、とさけんだ。アリーサとメリもいっしょに賛成《さんせい》の声をあげた。まっ赤に燃《も》える炉《ろ》に、ドラゴンたちがシュウシュウと息をふきかけて、ふたつのかぎはその中でとかされ、小さな青いドラゴンが、新たなひとつのかぎをつくりあげる名誉《めいよ》をあたえられた。できあがったのは大きな美しいかぎで、頭の部分はアリーサのAとメリのMの文字の形になっていた。

ドラゴンたちは、ふたりにやさしい別れのことばをかけてくれた。きらきら光る大つぶのなみだをぽろぽろこぼしながら、きっと空の高いところを自由に飛ぶよ、ふたりのことはいつまでもわすれない、といった。アイ＝ラがふたりを粉雪城《こなゆきじょう》の階段《かいだん》の下までつれていくと約束してくれている。

「ふたりとも、勇敢《ゆうかん》な女の子だね」出発のしたくをしながら、アイ＝ラは考えこんだようすでいった。

「わたしたちは、雪にうもれそうな自分たちの世界を救わなくちゃならないの」アリーサがいった。「そんなときは、勇敢《ゆうかん》でいるしかないのよ」

アイ＝ラは首をふった。

「あんたたちはね、ふりやまない雪より、もっとずっとおそろしいものから、自分たちの世界を救うことになるんだよ」

「どういうこと？」メリはふしぎそうだ。

ふたりはアイ＝ラの背《せ》によじのぼった。

「あんたたちは、ふるさとの世界とそこに住む人間たちを、こごえる寒さから救うんだ。あたしがいっているのはね、外側の寒さだけじゃない。内側の冷たさのこともいっているんだよ」

「女王リリは、どうしてわたしたちの世界をほろぼそうとしているのかな？」アリーサが聞いた。

「それはわからない。ただ、これだけはいえる。あの女王は、あんたたちが想像《そうぞう》できるより、ずっと強くて、邪悪《じゃあく》な相手だ」

アイ＝ラはためいきをついた。

それから、アイ＝ラは飛びたった。いまいわれたことは気になったけれど、空へまいあがると、アリーサは歓声《かんせい》をあげずにいられなかった。

自由に空を飛ぶって、こういう感じなんだ。きっといつまでもわすれないだろう。

第 3 部

戦 い

13 粉雪城《こなゆきじょう》の階段《かいだん》

アリーサとメリを背《せ》に乗せたアイ＝ラは、灰色《はいいろ》をしたぶあついけむりのカーテンの中を飛んでいく。ふたりは目をしっかりつむり、マスクをとおして浅く息を吸《す》ったりはいたりした。

一センチ先も見えないのに、アイ＝ラにはどうして方向がわかるのか、アリーサはふしぎに思ったが、きっと本能《ほんのう》でわかるのだろう。アイ＝ラは、長いことねむっていたのをアリーサたちがついに目ざめさせてくれたような気がする、といっていた。いまのアイ＝ラは、自分がほんとうは知っているのにわすれていたさまざまなことを思いだし、できるようになっていた。

やがてけむりがうすくなり、ふたりの顔にさわやかな冷たい風がふきつけてきた。粉雪《こなゆき》城《じょう》の階段《かいだん》の下についたのだ。階段《かいだん》ははばがひろく、ガラスのようにきらめいている。ところがアリーサがさわってみると、氷の階段《かいだん》だとわかった。階段《かいだん》は空中にうかび、高いところまでつづいている。ずっと上のほうに、美しくて堂々《どうどう》とした粉雪城《こなゆきじょう》が見えた。女王リリのすまいだ。

「さあ、ドラゴンの手を持つ女の子たち。幸運と知恵《ちえ》をさずかるよう、あんたたちのために祈《いの》るよ」アイ＝ラはかすれた声で、うやうやしくいった。なんだか、なみだをこらえているような声だ。「あんたたちに会えてよかったよ、それに……」

ふいにアイ＝ラの声がとぎれた。階段《かいだん》の上から、小さな、氷の結晶《けっしょう》をかためたようなものが、群《む》れをなしてかけおりてきたのだ。そいつらはするどい歯やつめで三人におそいかかってきた。歯を立てられると、はだをこおらせる冬の寒さにやられたように痛《いた》みが走る。

「こいつら、なんなの？」メリが、むらがってくる敵《てき》を追いはらおうとしながら、悲鳴をあげている。

「氷の魔物《まもの》だ」アイ＝ラがこたえる。「おそるべきやつらだけど、だいじょうぶ、負けやしないよ」

アイ＝ラは深く息を吸《す》いこむと、濃《こ》いけむりを氷の魔物《まもの》の群《む》れにふきかけた。アリーサとメリはあわてて横を向いたが、それでもけむりが口や鼻の穴《あな》に入ってきた。やがて、せきこみながらもう一度前を見ると、気をうしなった氷の魔物《まもの》たちが、体をぴくぴくさせながら、力なく階段《かいだん》にたおれこんでいた。

「はやく、やつらが息をふきかえす前に！」

アイ＝ラがさけび、階段《かいだん》をのぼりはじめた。

「ドラゴンの島へ帰らなくてよかったの？」アリーサがたずねる。

「ドアの前まで、あたしもいっしょにいくほうがいい。この先なにが待ちうけているか、わからないからね」

やっと階段《かいだん》の中ほどまできたかどうかというころ、早くもあらたな敵《てき》があらわれて、三人にせまってきた。今度の敵《てき》はガーゼか霧《きり》のようなすがたで、空中をゆらゆらと動きまわり、目がついていない。ぽっかりあいた大きな口が空気を吸《す》いこんでいるばかりだ。

「ぬくもり食らいだよ！」アイ＝ラがどなる。「ドラゴンの手を使っておいはらうんだ！あいつらに体のぬくもりを吸《す》いとられてはいけないよ！　こおりついてしまうからね！」

ぬくもり食らいが近づいてくると、おそろしい勢《いきお》いで吸《す》いよせられそうになった。敵《てき》は何十ぴきもいる。最初のいっぴきが手のとどくところまできたとき、アリーサはドラゴンの手をふりあげた。ドラゴンのつめがガーゼのような体を引きさき、ぬくもり食らいのすがたが消える。メリも同じようにしているのがちらりと見えた。しかし、ぬくもり食らいはあらゆる方向からおそいかかってくる。ふたりはドラゴンの手で戦い、アイ＝ラがけんめいにふた

りを守ろうとしてくれた。

いっぴきのぬくもり食らいがアリーサのうしろに回りこみ、ふいをつかれたアリーサは、首すじに氷のような冷たい口があてられるのを感じた。ぐんぐんぬくもりを吸《す》いとられていく。アリーサはたちまち体がかたまり、動けなくなった。体じゅうのぬくもりと力が消えていく気がする。

ふっとその感覚がなくなり、アリーサはふたたび息ができるようになった。メリがつめで敵《てき》を引きさいてくれたのだ。永遠《えいえん》につづくかと思えた戦いはついにおわり、すべてのぬくもり食らいをたおすことができた。三人ともつかれはてていたが、それでもさらに階段《かいだん》の上をめざす。粉雪城《こなゆきじょう》のドアまで、あと少しだ。

そのとき、階段《かいだん》に三つの大きな氷山のようなものがあらわれた。その体には、二本の腕《うで》のかわりに氷でできたふたつの大砲《たいほう》がついている。その大砲《たいほう》でアリーサたちにねらいをつけ、ずっしりした氷まじりの雪の玉をうってきた。

「いまいましい雪の射手《しゃしゅ》め！」アイ＝ラがあえぐようにいった。

雪の射手《しゃしゅ》たちはものすごい力で白い玉をうってくる。こんなのを敵《てき》にまわしてはそう長いこと戦えないだろうと、アリーサは思った。雪が顔や体にあたり、まともに立っていられない。

「雪にうもれちゃう！」メリが悲鳴をあげる。

「そうはさせないよ、あたしがいるかぎりは！」

アイ＝ラはそういって、ふたりをかばうように前に出た。

それからアイ＝ラは、何年も、もしかしたら何百年もしていなかったことをした。まず息を大きく吸《す》いこんだ。うろこにおおわれた、年老いたその体が、しっぽの先から鼻の穴《あな》までぶるぶるとふるえる。やがて口をあけると、アイ＝ラは雪の射手《しゃしゅ》に向かって火をふきだした。

いっぴきめの雪の射手《しゃしゅ》はアリーサとメリの目の前でとけてしまい、すきとおった小川になった。残りの二ひきは大砲《たいほう》をアイ＝ラの頭に向け、さらにはげしく雪の玉をうってきた。

アリーサとメリは、できるだけ小さくちぢこまってアイ＝ラのかげにかくれていた。火と雪がまざりあう音がきこえる。シュウシュウいう音、ほえるような声、ほのおが燃《も》えあがる音。アイ＝ラがせきこみ、のどをぜいぜい鳴らしながら息を吸《す》って、さらに火をふく音。しばらくのあいだ、あたりはものすごい混乱《こんらん》におちいり、火と、こおりついた雪と、けむりと水でいっぱいになった。

やがて、しんと静まりかえった。

あまりにも静かだ。

アリーサとメリはそろって目をあけ、不安な気持ちで顔を見あわせた。さっと立ちあがる。

雪の射手《しゃしゅ》はすべて、とけて水になっていた。けれどアイ＝ラが動かない。目をとじたまま、頭を階段《かいだん》にぐったりともたせかけている。わき腹《ばら》も上下に動いていない。

「アイ＝ラ！」ふたりは声をそろえてさけんだ。

返事は聞こえない。なんの反応《はんのう》もない。

うろこにおおわれたドラゴンの頭をなでながら、アリーサとメリはいっしょに泣いた。そのとき、アイ＝ラが全身をこきざみにふるわせて、息を吸《す》いこんだ。けれどその音はすすり泣くようで、ぜいぜいと苦しげで、おそろしかった。

「いきなさい」

ドラゴンはなんとかそのことばを口から引きずりだした。目をあける力もないようだ。

「アイ＝ラをおいていけないよ！」メリがいう。

アイ＝ラは息がとても苦しそうだ。やがて、こうささやいた。

「あたしは……もう……この世界とは……さよならしたんだ……」

鼻の穴《あな》から小さくて悲しげなけむりのうずが立ちのぼった。それきりドラゴンは二度と動かなくなった。もう息をしていない。雪の射手《しゃしゅ》たちには勝利をおさめたけれど、年老いたドラゴンにはあまりにきびしい戦いだったのだ。

アリーサとメリは泣きながらアイ＝ラのひたいにキスをした。それからふたりは手をつなぎ、粉雪城《こなゆきじょう》のドアをめざして、残りの段《だん》をのぼっていった。そのためにふたりはここへやってきた。そのために、アイ＝ラは最後までふたりを守ろうとしてくれたのだ。

粉雪城《こなゆきじょう》は、塔《とう》やバルコニーやふとい柱のある、目もくらむほどりっぱな宮殿《きゅうでん》だった。しかしふたりはその美しさに見とれているつもりはなかった。大きなドアをおしあける。ふたりを止める者はだれもいない。出むかえてくれる人も、だれもいない。宮殿《きゅうでん》はがらんとして、人はひとりもいない感じがする。

ふたりは広いホールに足をふみいれた。天井《てんじょう》には氷のシャンデリアが下がり、ゆかは雲のようにふわふわのじゅうたんでおおわれている。大きなドアに向かって、ふたりはさらに歩いていった。宮殿《きゅうでん》の大広間につうじるドアだと思ったのだ。ドアの上には、こう書かれていた。

〈わたしのハートの中へおはいり〉

「ハート」アリーサが静かにつぶやいた。

メリも同じことを考えたらしく、ハートの島で見つけたかぎを取りだした。ふたりがドアのかぎ穴《あな》にかぎをさしこむと、音ひとつたてずに、ドアはかんたんにひらいた。

いまふたりがいるのは、じつに広々とした、明るい大広間だった。広間のまんなかに、自分たちと向かいあうように女の子がふたり立っていて、アリーサはぎょっとした。けれど、それは鏡にうつった自分たちのすがただった。広間の中央にえがかれた円の中に大きな鏡がおかれていて、鏡にもかぎ穴《あな》があいている。

「女王はどこにいるんだろう?」メリがささやき声でたずねる。

その声を聞いて、メリも自分と同じくらいこわがっているんだと、アリーサにはわかった。

そのときだった。鏡のうしろから、だれかがあらわれたのだ。

「よくきたわね」

女王リリだった。

郵便はがき

料金受取人払

麹町局承認

8248

差出有効期限
平成31年4月
15日まで

1 0 2 8 7 9 0

108

（受取人）

千代田区富士見2-4-6

株式会社 **西村書店**

東京 出版編集部 行

お名前	ご職業
	年齢　　　　　　歳

ご住所　〒

お買い上げになったお店

区・市・町・村　　　　　　　　　　書店

お買い求めの日　　平成　　年　　月　　日

ご記入いただいた個人情報は、注文品の発送、新刊等のご案内以外は使用いたしません。

ご愛読ありがとうございます。今後の出版の資料とさせていただきますので、
お手数ですが、下記のアンケートにご協力くださいますようお願いいたします。

●書名

●この本を何でお知りになりましたか。
1. 新聞広告（　　　　　　　　新聞）　2. 雑誌広告（雑誌名　　　　　　　　）
3. 書評・紹介記事（　　　　　　　）　4. 弊社の案内　5. 書店にすすめられて
6. 実物を見て　7. その他（　　　　　　　　　　　　　　　　　　）

●この本をお読みになってのご意見・ご感想、また、今後の小社の出版物についてのご希望などをお聞かせください。

●定期的に購読されている新聞・雑誌名をお聞かせください。
新聞（　　　　　　　　　　　　）　雑誌（　　　　　　　　　　　　）

ありがとうございました

■注文書　小社刊行物のお求めは、なるべく最寄りの書店をご利用ください。小社に直接ご注文の場合は、本ハガキをご利用ください。宅配便にて代金引換えでお送りいたします。（送料実費）

お届け先の電話番号は必ずご記入ください。　自・勤 ☎

書名	冊
書名	冊
書名	冊
書名	冊
書名	冊

14 影《かげ》たちの鏡

　女王リリは、アリーサが知っている中でだれよりも美しく、だれよりもおそろしいすがたをしていた。長い髪《かみ》は白い絹糸《きぬいと》かクモの糸のよう。髪《かみ》はゆらめきながらかがやいて、命を持っているようだ。すその長いドレスもまばゆい白だった。まるで、レースとビロード、雪の結晶《けっしょう》とふりつもった雪、白い宝石《ほうせき》と冷たく澄《す》んだ冬の光を集めてつくったかのようだ。

　女王の顔はすべすべしてしわもなく、それなのに年をとった女の人の顔に見えた。目はかたい氷で、そのまなざしは、ちらりと見るだけで人間をつらぬき、殺してしまうのではないかと思えた。

　それでも女王の美しさはうっとりしてしまうほどで、アリーサは自分に、わたしたちはこの人と戦うためにきたんだから、といいきかせなくてはならなかった。そうしないと、女王のもとにかけよりたい、だきしめて髪《かみ》をなでてほしい、かわいい子ねといってほしい、という気持ちがおさえられなくなる。となりでメリが身じろぎし、同じことを感じているのがつたわってきた。メリの手をぐっとにぎりしめる。ふたりはその場にふみとどまった。

「アリーサに、メリ」

女王リリがほほえみながらいった。その声はうすい氷におおわれた水となって、ふたりの上を越《こ》えていった。

「やっときてくれたのね。長いこと、待っていたのですよ」

女王リリは、ふたりがとびこんでくるのをほんとうに待ちのぞんでいたかのように、腕《うで》をひろげた。

「何年も、何百年も、わたしはあなたたちに会いたいと思いつづけてきました。とうとう、ここでわたしと暮《く》らすために、あなたたちはきてくれたのですね」

アリーサとメリは目くばせしあった。いったい、どういうことだろう？

「わたしたち、そのためにきたんじゃないんです」アリーサは口をひらいた。

女王リリはしばらくのあいだ、あっけにとられた表情《ひょうじょう》をうかべていた。

「なんですって？　わたしがシスターランドを、この世でいちばん美しくすてきな場所にしたというのに？」

その声にはひとかけらのかげりもない。

「わたしたちは、あなたのおそろしい力を終わらせ、わたしたちの世界を救うためにきたんです！」メリが大きな声でいった。

メリがしっかりしていてよかったとアリーサは思った。アリーサときたら、いまにも女王のもとへ走っていき、ほんとはふたりとも粉雪城《こなゆきじょう》で暮《く》らしたいと思ってるんです、といってしまいたくてたまらなかったのだ。女王リリの声や、そのたたずまいの中にあるなにかが、アリーサをすっかりとりこにしていた。

「あなたがたの世界が、救いをもとめているというの？」女王はふしぎそうだ。

「もちろん、もとめてます！」メリがさけぶ。

ようやくアリーサも、怒《いか》りをかきあつめて、こういった。

「わたしたちの世界の人たちは雪にうもれて、いまにもこおりついて死んでしまいそうなんです」

女王は考えこむ顔になった。やがて手をひらひらさせると、声をあげて笑いだした。こんなにおそろしい、それなのに人をうっとりさせてしまう笑い声を、アリーサは聞いたことがなかった。

「あらあら。永遠《えいえん》の冬になったらどうすればいいか、人々は学ばないのかしら。このシスターランドが永遠《えいえん》に夏で、なにもかもが美しく、いきいきとしているためには、それくらい小さな犠牲《ぎせい》だと思うわ。ここを夢《ゆめ》の王国にするために、わたしは多くの時間とエネルギーを使ってきたのです。どこか遠くの世界が雪でこまっていても、わたしには関係ないことよ」

「ここを永遠《えいえん》の夏にしておきたかったというのなら、どうしてあなたの粉雪城《こなゆきじょう》には氷と雪しかないいんですか？」メリが聞いた。

女王リリはしばらくだまったままでいた。傷《きず》ついた、という表情《ひょうじょう》がその顔をよぎった。

「それもまた、シスターランドのふしぎな夏と引きかえに必要なことよ。あなたたちの世界からしのびこんでくる寒さに、だれかが耐《た》えなくてはならないのです。わたしは自分でその役目をえらんだのよ」

アリーサとメリは顔を見あわせた。ふいに女王が、小さくてこわれやすい、ひとりぼっちの人に見えてきた。

「でも、わたしたちの世界の人々は、ふりやまない雪も、こおりつくような寒さも、自分でえらんだんじゃありません！　あなたは、みんなからあたたかさをぬすんだのよ。影《かげ》をぬすんだのと同じように！」アリーサの声がはげしくなる。

女王リリはふたりに近づいてきた。一歩近づいてくるごとに、いてつく風がますます強く自分たちをだきすくめるのを、ふたりは感じた。女王は手をあげて大きな鏡をしめした。

「これは、影《かげ》たちの鏡。わたしがつくりだした中で最高の品。これを使えば、あなたたちの世界のあたたかさをシスターランドによびよせることができる、魔法《まほう》の道具なの。あたたかさをつかまえておくにはどうすればいいか、思いつくまでに長い時間がかかった。でもやがて、人間の影《かげ》を使えばいいとわかったのよ。鏡は世界のさかいめをこえて影《かげ》を吸《す》いこみ、そのときに影《かげ》があたたかさをつれてくる。だいたい、だれが影《かげ》をこいしがっているというの？影《かげ》なんて、なんの意味もないじゃないの」

話しているうちに、女王リリはどんどん大きくなってきたように見えた。女王の存在《そんざい》が、鏡の広間全体をすっかりうめつくしている。

「だけど、どうして？」アリーサはたずねた。「ありのままのシスターランドじゃ、どうして満足できなかったんですか？」

「すばらしさが、足りなかったのよ」女王はすこし静かな声でいった。「わたしにとってはじゅうぶんだった。だけどアンナにとっては、あきらかに足りなかったんだわ。アンナが出ていってしまったとき、わたしは心に決めたのです。シスターランドを、だれもがぜったいにここから出ていきたくないと思うくらい、すばらしい国にしようと」

影《かげ》たちの鏡の中にふしぎの花園があらわれ、アリーサとメリがそこで目にした魔法《まほう》のように美しいものが、すべてうつしだされた。

「シスターランドは夢《ゆめ》でみたされた場所。人間が、生きているあいだに思いつくあらゆる望み、それがシスターランドなのです」

女王のいうとおりだった。シスターランドにきてからのアリーサとメリは、いままでいちばん幸せだった。

「だけどわたしたち、うちに帰らなくちゃ」アリーサはいった。「それに、人間にはあたたかさが必要なんです。それと、影《かげ》も。影《かげ》がない人間は、半分だけになってしまったようなものよ。夏がなければ、冬もないし、影《かげ》がなければ光だってないわ」

女王リリはふたりのすぐそばまできていた。女王の息が、氷のキスのようにふたりのひたいにかかる。

「帰らなくてもいいのよ。ふたりともここに残って、ここを家にすればいい。あなたたちはもう、自分たちの世界がどんなだったか、あまり思いだせないでしょう。家族のことだって、ほとんどわすれてしまったでしょう」

女王のことばは、ふわふわの綿《わた》でできた夢《ゆめ》みたいにふたりの体にまとわりついた。このままねそべってしまったら、どんなに気持ちがいいだろう。

「影《かげ》たちの鏡は、とびらでもあるのです。とびらをあけて鏡をとおりぬければ、あなたたちは永遠《えいえん》にこの世界に残ることができるわ。あなたたちの影《かげ》だけはもとの世界にもどるけれど、あちらの世界であなたたちをおぼえている人は、だれもいなくなる。あなたたちがいなくてさびしいと思う人はいなくなるの。まるで、あなたたちが最初から存在《そんざい》しなかったかのように。もしかしたら、ある晴れた日に、あなたたちの影《かげ》が雪の上でゆれていることがあるかもしれないけれど、それくらいよ」

女王は祝福をさずけるかのように、アリーサとメリの頭に手をおいた。アリーサの心の一部は、女王に自分たちをだきしめてほしいと、なによりも強く願っていた。けれども女王はうしろに下がり、こういった。

「よく考えて、おえらびなさい。とびらをとおりぬければ、あなたたちはシスターランドの奇跡《きせき》のすべてを手に入れることになる。ふたりとも、わたしのむすめになってもいいのよ」

女王の顔がやさしくなり、さびしげな表情《ひょうじょう》がうかんだ。

「わたしはあまりにも長いことひとりぼっちだった……」女王はためいきをついた。

アリーサのどこかに、女王を信じてあげたい気持ちがあった。それでも、重々《おもおも》しくいった。

「あなたはわたしたちのママじゃない。それに、あなたはアイ＝ラを殺したわ」

「アイ＝ラはもう年老いていたわ、たぶん、生きとし生けるものをふくむ、この世界そのものよりも。寿命《じゅみょう》だったのよ」

「そんなのうそよ」メリは怒《いか》りのあまり声がうわずっている。「あなたはドラゴンたちをくさりでつないでいたじゃない！　あなたの氷の魔物《まもの》や雪の射手《しゃしゅ》が、わたしたちにおそいかかってきたじゃない！　わたしたち、うちに帰りたい！」

女王リリがふたたび冷ややかな顔つきになった。

「けっきょく、あなたたちもアンナとまったく同じなのね。アンナもわたしをおいていった。きっとシスターランドにあきてしまって、わたしのことをきらいになったのよ」

「アンナって人を、わたしたちと同じようにむりやり友だちにしようとしたんなら、おいていかれてもおかしくないわ」アリーサはいった。

女王は、なにかに打たれたかのように、がっくりと肩《かた》を落とした。

アリーサとメリはふたりのかぎを手にとり、影《かげ》たちの鏡のほうへ向けた。

女王の顔に、まさか、といいたげなほほえみがちらりとうかぶのが、アリーサの目にうつった。もしかすると、ふたりがとびらをあける気になったと思ったのかもしれない。

「恐怖《きょうふ》の力よ、たおれよ！」アリーサとメリは声をそろえてさけぶと、かぎを鏡の中心に力いっぱいたたきつけた。

鏡はこなごなにくだけちった。かけらのひとつずつに、女王リリのおびえた表情《ひょうじょう》と、底しれぬ絶望のさけびがうつりこんでいた。そのさけびから風が生まれ、風はどんどん強くなった。

アリーサとメリはたがいの手をつかんだ。あらしがうなり、ふたりのまわりでうめいている。

あらしはうずをまいてハリケーンになり、ふたりをさらって、ゆかから持ちあげ、粉雪《こなゆき》城《じょう》のこわれた屋根をとおりすぎて、空の上へつれていく。ふたりはただひたすら、上へ、上へとのぼっていった。

◆世界と世界のはざまで

鏡のかけらは、上へ、上へとはこばれていくアリーサとメリのまわりをぐるぐるまわっている。ふたりはしっかりと手をつなぎあっていた。なにもかもがひとつのうずになり、鏡にうつったひとつの像《ぞう》になっている。何千という鏡のかけらは、あるときはアリーサの、あるときはメリの、あるときはふたりいっしょのすがたをうつしだした。

ふいにアリーサは、ハリケーンがふたつにわかれようとしているのに気づいた。片方《かたほう》がアリーサを、もう一方がメリをつれていこうとしている。ふたりはいっしょにいようとしたが、うずをまく風の力のほうが強かった。

とうとう、ふたりがつながっているのは、たがいにしっかりからませた指先だけになってしまった。その指先も、あらしの力でじきに引きはなされてしまうことが、ふたりにはわかった。

「メリのこと、さがすから！」アリーサはさけんだ。

「わたしのほうが先に、アリーサをさがすからね！」メリがこたえる。

やがてふたりの指がはなれ、ふたつにわかれたハリケーンは、それぞれにふたりをべつの方向へさらっていった。

ぐるぐるまわされるうちに、アリーサはめまいがしてきた。

気をうしなう前、アリーサは、家に帰ったらすぐにメリをさがそうと考えた。それか、メリが自分をさがしてくれるかも。おたがいに、おたがいをさがすんだ。

第 4 部

知らない子

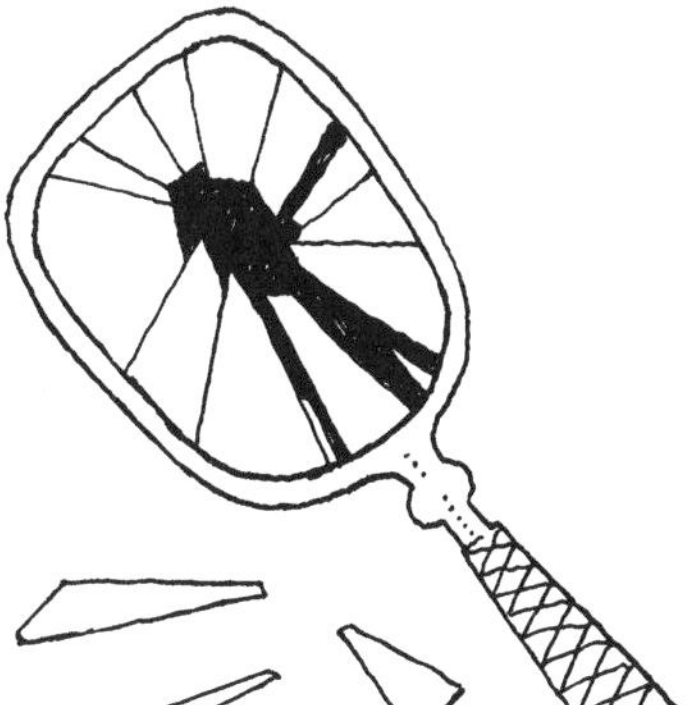

15
帰還《きかん》

「アリーサ！　アリーサ！」

だれかが名前をよんでいる。

「メリ……」アリーサはささやいた。のろのろと目をあけたアリーサは、自分が雪の上にたおれているのに気がついた。

あたりは暗い。それに寒い。片足《かたあし》が深い雪の中にふとももまでうまっている。引きぬこうとしたが、だめだった。声が近づいてくる。やがて、高い声はママ、ひくい声はパパだ、とわかった。ふたりとも心配そうだ。

「ここにいるよ！」アリーサはできるかぎり声をはりあげた。

ママとパパがかけよってきた。ママはすぐさましゃがみこんでアリーサをだきしめ、パパは足のまわりの雪をほりはじめた。

「きょうは何曜日？」

「十二月二十日よ、あたりまえでしょ。おばかさんね」ママはほほえんでいる。「それより、どうしてこんなところへきちゃったの？」

「何日？」

「火曜日よ」

十二月二十日。アリーサがこの世界から消えたのと同じ日だ。たいして長いこと、るすにしていたわけじゃないらしい。

「足あとをおいかけてきたのよ」アリーサはもごもごとつぶやいた。

ママとパパは、意味がわからない、というように顔を見あわせている。ふたりの表情《ひょうじょう》を見て、あたりにつもった雪の上のようすに、アリーサも気づいた。足あとなんて、どこにもない。スデンオレントの足あとは消えてなくなっていた。

「ここより遠くへいかなくて、よかったわ」パパがようやくアリーサの足を雪から引きぬくと、ママがいった。「そしたらどうなるかわからなかったわよ。スマホは持ってたの？　何度もかけたのに、つながらなくて」

「持ってたけど、充電《じゅうでん》するのをわすれてて。ごめんなさい」

ママはもう一度アリーサをだきしめた。

「いいのよ。こんなに早く見つかって、なによりだわ。かぜをひかないうちに、はやく帰りましょう。熱はない？」

ママはアリーサのおでこに手をあてて、心配でたまらないというようにあれこれ世話をやいた。うちにつくと、アリーサはすぐに着ているものを全部ぬぎなさいといわれ、あたたかいシャワーをあびて、あらいたての服と、あついココアと、オーブンで焼いたチーズのパンをもらった。けれどアリーサの心は、たったひとつのことにじりじりと焼かれていた。メリの電話番号を書きとめておかなくちゃ、そう思ってキッチンのサイドテーブルから紙とペンを取った。

ところが、ちゃんと暗記していたはずなのに、番号が思いだせない。それどころか、メリの名字も、住所も、住んでいる町の名前も、メリをさがしだすのに役立ちそうなことは、なにひとつおぼえていなかった。メリ本人の特徴《とくちょう》ならどんな小さなことも思いだせるのに、重要な情報《じょうほう》を、大きな消しゴムが消してしまったかのようだ。

アリーサは暗い気持ちでぼんやりしていた。これじゃ、いったいどうやってメリを見つけられる？　メリがこんなふうに記憶《きおく》をうしなっていませんように、と祈《いの》るしかなかった。

だけど、アリーサのお皿のわきにおかれたスマホがちっとも鳴らないのは、悪い知らせという気がする。もしもアリーサの番号をおぼえているなら、メリはぜったいに、メッセージだけでも送ってきてくれるはずだ。

「ココア、飲みたくないの？」キッチンに入ってきたママに聞かれた。ママは手になにか持っている。「これ、ジャケットのポケットに入ってたわよ。すてちゃっていい？　それとも、なにかたいせつな宝物《たからもの》？」

ママがキッチンのテーブルにおいたのは、鳥の羽根と、小さな鏡のかけらと、赤いバラの花びらだった。それを見てアリーサはうれしくなった。クフ・ローの羽根だ。それに、歌うバラの花びら。すぐにわかった。あの世界がアリーサの空想でもなければ、夢《ゆめ》を見ていたのでもない証拠《しょうこ》だ。

「たいせつな宝物《たからもの》よ」アリーサはあわててこたえると、テーブルの上のものを手でかきよせた。「世界でいちばんたいせつなもの」

「まあ、アリーサちゃん」ママはやさしくいって、アリーサの髪《かみ》をなでた。「まだ子どもなのねえ、かわいいわ」

何時間か前にくらべれば、いまの自分はずいぶん子どもじゃなくなってる、とアリーサは感じていたけれど、返事はしなかった。ママに説明するのはむりだと思ったから。

アリーサはメリをさがしだそうと、役に立ちそうなことも、あまり役には立ちそうにないことも、なんでもためした。何時間もパソコンの前にすわり、いろいろなキーワードの組みあわせで検索《けんさく》をしてみた。あちこちの学校のホームページに目をとおして、五年生の名前をチェックした。だけど、メリという名前の子が見つかっても、どのメリもほかのメリと同じように思えてしまう。メリ・サーリネン、メリ・ノルドストレム、メリ・ヤラヴァ、メリ・カイホランピ、メリ・トユシュ、みんな知らない子のように思える——だけど、知っているような気もする。何人か、年齢《ねんれい》がぴったりで、名前がメリという子の写真を見つけたけれど、別人だった。

絶望《ぜつぼう》的だ。十一歳《さい》でメリという名前の子が、フィンランドには多すぎる。もしも、どこかにある秘密《ひみつ》のファイルから全員の名簿《めいぼ》を手に入れることができたとしても、ひとりひとりに会いにいくなんて、とてもできない。アリーサはしずんだ気持ちで、メリもきっと同じ目にあっているはずだと考えた。十一歳《さい》でアリーサという名前の子だって、あまりにもたくさんいるのだから。

アリーサはインターネットの検索《けんさく》サイトで、〈アリーサ　メリ〉というキーワードの組みあわせを使って検索《けんさく》してみた。もしかしてメリが、自分あてのメッセージをどこかに書きのこしていないかと思ったのだ。なにも引っかかってこなかった。子どもや若者《わかもの》に人気のネット掲示板《けいじばん》をかたっぱしからまわって、自分で書きこみもした。

〈アリーサがメリをさがしています！　スデンオレントになってあなたのもとへ飛んでいくことはできないから、メールをください〉

このために新しくつくったメールアドレスも書いておいた。あのメリなら、これを読めば自分のことだとすぐにわかるはず。アリーサはそう信じていた。念のため、いくつかの大人向けの掲示板《けいじばん》にも書きこみをしておいた。もしもメリが、同じキーワードの組みあわせで検《けん》索《さく》しようと思いついたら、まちがいなく見つけてくれるように。

アリーサにとどいたメールはたった一通、差出人は四十歳《さい》くらいの女の人だった。自分の名前はマリアだけど、背中《せなか》にトンボのタトゥーを入れているから、アリーサがさがしているメリは自分のことじゃないか、といってきた。アリーサは返事をしなかった。これ以上ないくらい、がっかりしてしまったのだ。メールの受信ボックスに〈こんにちは、アリーサ！〉という件名《けんめい》があるのを見たとき、期待しすぎてしまったから。

クリスマス休みはずっと、霧《きり》につつまれてすぎていった。文字どおり霧《きり》の中だった。アリーサがもどってきたつぎの日にはもう、濃《こ》い霧《きり》がたれこめたのだ。気温がぐんとあがり、つもっていた雪は毎日どんどん少なくなっていった。まるで霧《きり》が、雪を食べているかのよう。たしかに霧《きり》は、雪と同じくらい白かった。クリスマスイブの日が冬らしい寒さでなくても、だれも文句《もんく》をいわなかった。みんな胸《むね》をなでおろしただけだ。大雪は、みんなが口でいっていたよりも、もっと人々をおびやかしていたらしい。

雪がとけていく音は、安心してほーっと息をつく音のようだった。道で会うと、みんな目と目を合わせてにっこりとほほえんだ。道がぬかるんでもかまわない。どろだらけでもかまわない。くずれたあとしか残っていない雪のお城《しろ》も、顔が半分になった雪だるまも、そのままでかまわない。

人々はまた、幸せそうになったし、明るくなった。みんなの目の中に光がともっている。みんなときどき、ひとりで秘密《ひみつ》めいたほほえみをうかべた。たがいにいじわるもしなくなった。そんな変化にだれもが気づいていたし、気づかなくても感じとっていたけれど、変化の理由を知っているのはアリーサだけだった。あたたかさを取りもどしたのだ。

霧《きり》のかかった日がつづいたあと、ようやく太陽がかがやきはじめると、アリーサは地面に影《かげ》が落ちているのに気づいた。影《かげ》も、もどってきたんだ。人間はもう、半分だけの存在《そんざい》じゃなくなったんだ。

アリーサとメリは戦いに勝ったのだ。ふたりは使命を果たした。ふたりはヒーローだった。そのことは秘密《ひみつ》だけど。うれしくなってもいいはずなのに、アリーサは悲しい気持ちだった。ほかの人たちは喜びを取りもどしたのに、わたしは親友をうしなってしまった。アリーサはそんなふうに感じた。毎日がただ流れていくだけで、メリからはなんのたよりも届《とど》かずにいるから。しずんだ気持ちで〝影《かげ》のアリーサ〟をながめる。わたしのことをわかってくれる、たったひとりのほんとうの友だちは、けっきょくまた、この子だけになっちゃったのかしら。

16 おぼえてないの？

アリーサがもどってから二週間半がすぎ、クリスマス休みがあけてはじめて学校へいく日がきた。学校のみんなは、先生たちまで、秋のころより明るい顔で、のびのびしている気がする。アリーサの中にだけ霧《きり》が住みつき、生きていることそのものが灰色《はいいろ》のかたまりみたいだった。

アリーサは、霧雨《きりさめ》がふっているのを窓《まど》からながめながら、女王リリのいうことを聞いてシスターランドに残ったほうがよかったのかな、と考えていた。こっちにもどってきて、こんなに多くのものを手放すことになるのなら、どうしてもどらなくてはならなかったの？

ほんとうならいまごろ、歌うバラの歌声を聞いたり、夢織《ゆめお》りたちの仕事ぶりをながめたりしていられたはずなのに。メダマルン海をメリといっしょに船で旅していられたのに。ドラゴンたちと空を飛んでいることだってできたのに。

ふつうの世界は、ものすごく……ふつうだった。なにもかもが、つまらなくて、ちっぽけで、灰色《はいいろ》をしている。それに、アリーサにはもう、メリを見つけだせるとは思えなくなっていた。深くためいきをつきながら、アリーサは机《つくえ》につっぷしてねむってしまえればいいのにと願った。なにかもっとわくわくする、おもしろい夢《ゆめ》を見られたらいいのに。

そのとき、教室のドアをだれかがノックした。先生は、算数の計算問題を黒板に書く手をとめて、こういった。

「きっと新しいクラスメートですよ」

みんなは顔を見あわせて、くちぐちにしゃべりはじめた。アリーサも背《せ》すじをのばし、気持ちがたかぶるのを感じた。新しいクラスメートは、いつだってわくわくする。

先生がドアをあけると、入ってきたのは、前髪《まえがみ》の下からちらちらとあたりを見ている女の子……。

「メリ！」

考えるより先に、ことばがアリーサの口からとびだしていた。

ふたたびメリに会えたことで、アリーサはどうしたらいいかわからないほどうれしくなり、おどろいていた。みんなのふしぎそうな顔が、いっせいにアリーサのほうへ向けられる。

「あなたたち、知りあいなの？」

先生がアリーサとメリの顔をかわるがわる見ながらたずねた。

「えっと……そうでもないっていうか……でも、ある意味では……」

アリーサはしどろもどろになった。

メリはまっすぐにアリーサの目を見つめてきた。会ったこともない、ぜんぜん知らない人を見るような目で。

「知りあいじゃありません」メリは落ちつきはらっていった。

アリーサの頭の中を、いろんな考えがものすごいスピードで飛びかった。

メリはきっと、ふたりの秘密《ひみつ》をみんなに知られたくないと思ってるんだ。それがかしこいやりかたよね。ふたりきりになったら、話をすればいいもの。

メリの家族はアリーサが住んでいる町にひっこしてきたにちがいなかった。どのへんに住んでるんだろう？　うちの近くだったら、毎日ふたりで学校にかよって、放課後はおたがいの家にいって、いつでもずっといっしょにいられるんだ。アリーサはうっとりと、そんなことを空想した。

アリーサの体の中で、喜びが白いあわをいただいた大きな波となってうねっている。いちばんの望みが、かなったのだ。

メリは、家族でこの町にひっこしてきたばかりだということ、弟がふたりいること、絵をかくのが好きだということを話した。クラスのみんなはメリに向かって、声をそろえて歓迎《かんげい》のあいさつをした。

それから先生はメリに、ロッタとヨーナスのとなりの席にすわるようにいった。アリーサが、顔の表情《ひょうじょう》や身ぶり手ぶりで、メリの席はわたしのとなりです、とうったえていたにもかかわらず。

休み時間になって、みんなが教室の外へ出ていきはじめても、アリーサは自分の机《つくえ》のところでぐずぐずしていた。メリはロッタとヨーナスといっしょにいこうとしていたが、アリーサはその背中《せなか》に声をかけた。

「メリ！」

メリは気がすすまないようすでふりむいた。

「なに？」

「話があるの」

そういいながら、アリーサはメリに、みんなとわかれてひとりになって、と合図をおくろうとした。

するとメリはロッタとヨーナスになにかささやき、ふたりはくすくすわらいながら教室を出ていった。それからメリはすこしアリーサに近づいてきたが、まだ何メートルもはなれたままだ。アリーサはメリにかけより、だきしめようとした。メリはあとずさった。

「なにするのよ？」

アリーサはメリの目をのぞきこもうとした。ほんとはだれだかわかってる、というしるしを見つけだそうとした。

「もう知らないふりなんてしなくていいのよ」アリーサはうけあった。「ここにはわたしたちしかいないんだから。わたしたちが親友どうしだってこと、もう秘密《ひみつ》にする必要はないの。わたしたちが秘密《ひみつ》の国について知ってるってこともね。シスターランドのことを」

「なにをいってるのかわかんない」メリがこたえた。「あんたには会ったことがないし」

なにがなんだか、アリーサにはわからなかった。どうしてメリはこんなふうなの？　なにをおそれているの？

アリーサはメリの手を取った。

「おぼえてないの？　これはあなたのドラゴンの手。わたしたち、ふたりでいっしょに、氷

sea
ocean
Pacific
Atlanti
Indian
uther

の魔物《まもの》やぬくもり食らいや雪の射手《しゃしゅ》と戦って、勝ったじゃない。わたしたちふたりであの鏡をこわしたわ。わたしたち、おたがいをさがそうねって約束したでしょ。わたしたち……」

メリはアリーサの手を、痛《いた》いじゃない、というようにふりほどいた。

「ほんとに変な子！　あんたいったい何者なの？　いいかげん、わたしはあんたのことなんか知らないんだって気づいてよ。〝わたしたち〟なんて、そんなものはないの。いままでもなかったし、これからもないわよ。二度とわたしに話しかけないで！」

メリの声は、みにくく、大きくなっていった。その目はぎらぎら光って、まるで目の中のナイフでアリーサに切りつけたいと思っているかのようだ。メリはうしろをふりかえらずに走りさっていった。

アリーサはだれもいない教室にとりのこされた。外からは休み時間を楽しんでいるみんなの笑い声が聞こえ、教室の中はさけびだしたいほど静かだ。アリーサはぼうぜんとしてしまい、泣きだすことすらできなかった。体の中に冷たいとびらがひらいて、いてつく風がふきこんできた気がした。

そのあとしばらく、アリーサは学校でメリに話しかけなかった。メリがほかのみんなとおしゃべりしているのは見ていたけれど、近づきはしなかった。メリのすがたを目にすると、アリーサは心が痛《いた》くなった。

夜になってベッドに入っても、アリーサは天井《てんじょう》を見つめるばかりで、ねむれなかった。右に左にとねがえりをうってみても、具合のいい姿勢《しせい》が見つからない。毛布《もうふ》をかけていると暑すぎるし、毛布《もうふ》をどけると寒すぎる。

だけど、たとえ世界一ねごこちのいいベッドで横になったとしても、気温がちょうどよかったとしても、どうせねむれないとアリーサにはわかっていた。暑さと寒さはアリーサを内側から苦しめている。メリのことを考えているかぎり、アリーサの気持ちはやすまらないのだ。

アリーサはどうしても納得《なっとく》がいかなかった。いったいどんな理由があって、親友ができたと思ったらうばわれてしまうのか、理解《りかい》できなかった。そもそもメリに出会わなければ、メリを思ってねむれないほどさびしいなんて、こんな気持ちにならずにすんだのに。

だれかを思ってこんなにさびしいことがあるなんて、アリーサは知らなかった。

もしもメリに出会っていなかったらどうだったろう。ひとりでシスターランドにいて、ひとりで戦って、ひとりで勝利をおさめたとしたら。いまごろこんな思いをせずにすんでいただろうか。

　でも、そのほうがよかったなんてアリーサは思わなかった。メリと出会ったのは、いままで生きてきた中で、とびきりすてきなことのひとつだ。アリーサにとってメリは、生まれてはじめてすべてをわかちあいたいと思った相手、なんでもわかってくれる相手だった。いちばんの親友。いちばんの。

　メリがぜんぜん知らない子になって自分の前にもどってくるくらいなら、いっそいなくなったままのほうがよかったと、アリーサは思う。もしかして、あの子は自分が知っているメリの分身で、たまたま名前が同じだけだとしたら。そんなふうに考えてみようとした。いじわるなふたごの妹とか？　ほんとうに、まったくの別人だとしたら？

　それでもやはり、あの子はメリにまちがいないと、アリーサにはわかっていた。どうしてまちがいないと思えるのか、説明はできないけれど、アリーサにはわかる。理由はなくてもわかってしまうこと、というのが、生きているうちにはあるものだ。

　メリがなにも思いださないなんて、どうしてそんなことがありえるのだろう。アリーサのことがわからないなんて。

　それともひょっとして、なにもかもがただの夢《ゆめ》か、空想だったとしたら？　もうひとつの世界なんかなくて、女王も、スデンオレントも、クフ・ローも存在《そんざい》しないとしたら？　十一歳《さい》の女の子が長すぎる夢《ゆめ》を見ただけだとしたら。そんなふうに考えてみても、やっぱりアリーサの心は晴れなかった。証拠《しょうこ》があるからだ。

クフ・ローの羽根と鏡のかけら、歌うバラの花びら、そして、足首にスデンオレントのキスがつけたしるし。アリーサはあの世界にいたのだ。なにもかも実際《じっさい》にあったことだ。そして、アリーサのかたわらにはメリがいて、前へふみだす一歩ずつを、ふたりいっしょに歩いたのだ。

どういうわけかメリは、そのことをわすれてしまったか、思いだしたくないらしい。

アリーサは毎日、学校でメリのすがたを見るたびに胸《むね》がずきりとした。メリがアリーサに向ける目つきは、興味《きょうみ》がなさそうで、はっきりいって怒《おこ》っているようだった。メリは、なにがあろうとアリーサといっしょにいたいなんて思ってくれない。それがわかってきた。

アリーサ自身はどうしたらいいのだろう。メリといっしょにいたいとずっと願っているのに。たとえメリが、自分のことを思いだしてくれなくても、それでもメリの友だちでいたい、そう望んでいるというのに。

17

スデンオレントのキス

それからひと月のあいだ、アリーサはメリとなかよくなろうと努力した。なかよくなれば、そのうちメリも、シスターランドでの出来事を思いだすかもしれない。ちょっとしたことがきっかけで、メリの記憶《きおく》をよみがえらせることができるかも。風の子やクフ・ロー、スデンオレントやドラゴン、それに船乗りキツネのことを話してあげるとか。

だけど、自分のほうを見てもくれない相手となかよくなろうとするのは、とてもむずかしいことだった。

アリーサはメリに、天気とか学校とか、身近なことについて話しかけようとした。けれどメリは、まるでアリーサを空気だと思っているかのように、すたすたと歩いていってしまう。理科のグループ学習で魚について調べるときは、メリと組みたいと思って声をかけたのに、メリは返事もしてくれず、ネッラのほうを向いて、いっしょにやろうよとさそってしまった。

アリーサはメリに、すべてを打ちあける手紙までかいた。ところがメリは、アリーサの目の前で手紙をごみ箱にほうりこんでしまい、アリーサはほかの子に読まれる前にひろいあげたのだった。

アリーサは、ごめんね、といおうとした。おかしな話はぜんぶ、メリの気を引こうとして考えだしたつくり話だったの、おもしろい子だと思われたかったの、そんなうそをつこうとした。だけどメリは聞いてくれなかった。メリはアリーサの話に耳をかさず、アリーサのすがたも目に入らないかのようで、あらゆる手を使ってアリーサを避《さ》け、背《せ》を向けた。

いく晩《ばん》も、アリーサは泣きながらねむった。どんなにつらい気持ちでいるか、胸《むね》のうちを明かせる人はだれもいない。アリーサを理解《りかい》してくれる人がたったひとりいるとしたら、それはメリだった。メリといっても、アリーサが知っているあのメリだ。でも、あのメリがほんとうにいるのかどうか、アリーサはそれすら自信がなくなっていた。

一か月のうちに、アリーサははっきりと気づいた。メリは記憶《きおく》をうしなっただけでなく、人も変わってしまったことに。メリはやはり頭がよく、ほとんどの科目でクラスのトップになったけれど、なんとなく、自分のことがいちばん好き、という感じの子になってしまった。

授業《じゅぎょう》中にほかの子がまちがえると、ばかにしたようなほほえみをうかべる。絵をかくのが得意なのは変わっていないが、こまかいところやすてきなものがいろいろえがかれていても、メリの絵には心がこもっていなかった。メリが、本人のいないところでクラスメートの悪口をいっているのを、アリーサは何度も耳にした。見てすぐわかるようないじめをするわけではなかったけれど、メリはほかの子たちが、自分はばかではずかしい、と感じてしまうようなふるまいをした。

だけど、いちばん変わってしまったのはメリの笑い声だった。以前は、メリのどこが好きといって、あの笑いかたがアリーサはなにより好きだったと思う。あわがはじけるような、はずむような、いっしょに笑いたくなるような笑いかただったのに、いまはちがう。いまのメリの笑い声は、きつくて冷たい感じがする。冷ややかに空気を切りさくようだ。

一か月がんばってみたあとで、アリーサはメリとなかよくなるのをあきらめた。むだなことだ。メリはアリーサをきらっている。そうじゃなくても、アリーサはもう、いまのメリがほんとうに友だちでいたいと思える相手なのか、自分でもわからなくなっていた。

そう心を決めたアリーサだったが、それでもメリのすがたを見るたびに心が痛《いた》くなった。それでアリーサのほうもメリを避《さ》けるようになった。ふしぎの花園での出来事もすべてわすれてしまおうとした。あんなのは、やっぱりただのおかしな夢《ゆめ》だったのかもしれない。

アリーサはそう思っていた。ある日、体育の授業《じゅぎょう》のあとで、あるものを見るまでは。

そのとき、アリーサはシャワーをあびて服をきがえ、タイツをはこうとしていた。その手がふと、足首のところでとまった。スデンオレントのキスのあとがうずいて、おかしなふうに熱をもっていたのだ。

その瞬間《しゅんかん》、アリーサの目は、ほかの子の足首にまったく同じあとがついているのをとらえた。向かいのベンチにすわって、くつ下をはこうとしている女の子。

メリ。

もちろんメリの足首にも、キスのあとがついているはずだ。メリもまた、しるしをさずけられたのだから。

アリーサが見ているのに気づいて、メリはさっとくつ下を引っぱりあげた。

「なにをじろじろ見てるの？　ほんとに気持ちわるい！」

メリはかみつくようにいった。

いじわるなメリのことばも、アリーサは気にならなかった。

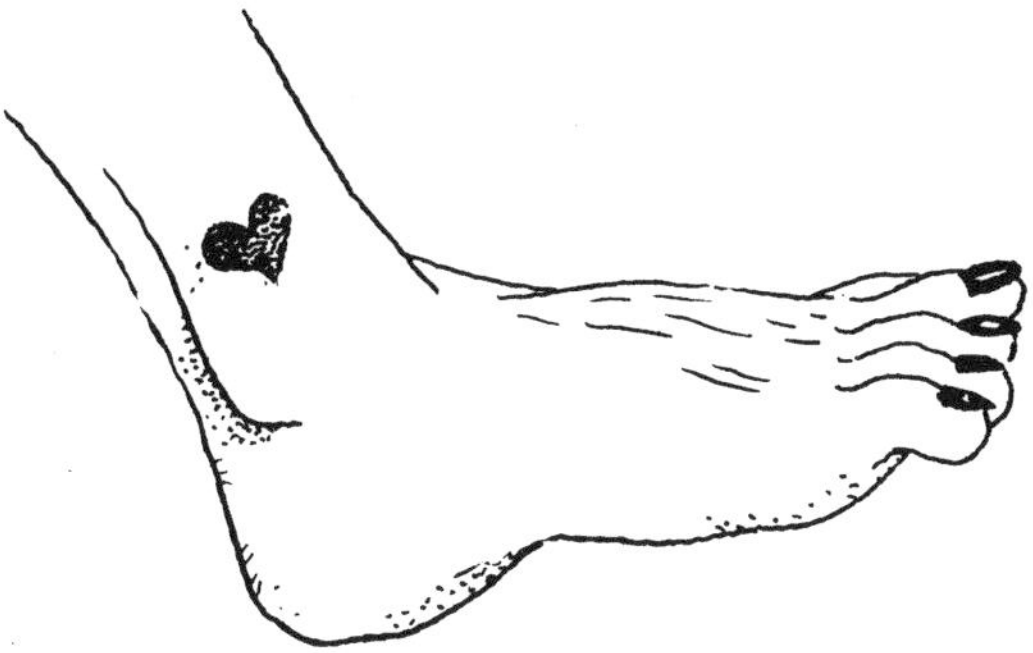

いま見たものが幸せな気持ちをはこんできてくれた。なにもかもアリーサの空想なんかじゃなかった。ほんとうにあった出来事なんだ。

そしてメリは、ほんもののメリ、アリーサの親友のメリだった。

アリーサはなにもいわなかった。ただ、ひとりでちょっぴりほほえんだ。

18 アートギャラリーのおばあさん

シスターランドでの出来事は、すべてほんとうにあったことだ。いまのアリーサにはそれがわかっている。けれど、どうすればそのことをメリに思いだしてもらえるのか、それがわからなかった。

メリに記憶喪失《きおくそうしつ》をとくための催眠術《さいみんじゅつ》をかけてもらうとか？

それとも、記憶《きおく》がよみがえる薬をのませるとか？

授業《じゅぎょう》がおわると、アリーサはそんなことを考えながら家まで歩いた。ある日アリーサは、いつもとはちょっとちがう道へいってみた。なんとなく〝影《かげ》のアリーサ〟が、そうしたほうがいいよ、といっているような気がしたのだ。このごろはまた、〝影《かげ》のアリーサ〟や〝鏡のアリーサ〟とおしゃべりするようになっている。アリーサの話を真剣《しんけん》に聞いてくれるのは、このふたりだけだったから。

アリーサは歩道を歩き、考えごとをしながらショーウィンドウをながめていた。

『メリの記憶喪失《きおくそうしつ》をなおす方法、いつかは考えつくと思う?』アートギャラリーのショーウインドウにうつっている〝鏡のアリーサ〟に話しかける。

『よく見れば、目に入ってくるものよ』〝鏡のアリーサ〟はなぞめいた返事をした。

くだらないアドバイス、と思いかけたアリーサだが、ショーウィンドウの中にあるなにかが気になって足を止めた。いまアリーサの目にうつっているのは〝鏡のアリーサ〟ではなく、ショーウィンドウの中央にかざってある大きな絵だった。

オオカミの絵だ。同時に、トンボの絵でもある。とてもうまくえがかれていて、ながめる位置をちょっと変えると、生きものがひっきりなしにすがたを変えているように見えた。

「スデンオレント……」アリーサはささやくようにつぶやいた。

そのとき、かざってある絵をえがいた画家の名前がしるされた、一枚《まい》のプレートが目に入った。画家の名は、アンナ・ヴェシランタ。スデンオレントに、アンナ! これはぐうぜんなんかじゃない。むかしシスターランドにいたアンナ、女王リリがあんなに冷たくきびしい人になってしまう原因《げんいん》をつくったアンナ。そのアンナにちがいなかった。

アリーサはアートギャラリーに入っていった。ドアの上で、小さな鈴《すず》がチリンと鳴る。中にはだれもいない。ほかの絵をながめていると、そのうちの四枚《まい》がひとまとめになって、

〈ふしぎの花園シリーズ〉と名づけられているのに気づいた。

これをえがいた人は、まちがいなくふしぎの花園をおとずれたことがあるはずだ。絵の中に、クフ・ローや風の子たち、夢織《ゆめお》りやトビハネがいる。ゆかいな、大好きな生きものたちが、みんないる。絵にえがかれたふしぎの花園の雰囲気《ふんいき》や色あいはほんとうにいきいきとして、ながめていると、その中にふたたび吸《す》いこまれてしまいそう。歌うバラたちの歌の香《かお》りまで、ただよってきそうだ。

とつぜん、ギャラリーの奥《おく》の部屋から、年をとった灰色《はいいろ》の髪《かみ》の女の人があらわれた。アリーサに気づいて、女の人はにっこり笑った。

「なにかおさがしかしら？」女の人がいった。

「わたし、あそこにいったことがあるんです」そういってアリーサは絵をゆびさした。「ふしぎの花園に、いったことがあるんです。シスターランドの五つの月を見ました」

女の人はおどろいた顔で息をのんだ。

「こんなことがあるとは思わなかったわ、ほかにもだれかが……」いいながら、ふーっと息をはきだしている。

「わたし、アリーサといいます。アンナさんですよね、そうでしょ？」

女の人はうなずいて、かべぎわにあるテーブルの前に腰《こし》をおろした。

「ごめんなさい。あんまりびっくりして、立っていられなくて。あなたもすわってちょうだい。わたしたち、おたがいに話したいことがたくさんあるはずよね」


アンナは奥《おく》の部屋からジュースとクッキーをもってきてくれた。灰色《はいいろ》の髪《かみ》がくるくると波うちながら背中《せなか》にたれていて、目はメリと同じ緑色だ。やさしそうな人だけれど、すこし悲しげにも見える。腕《うで》にたくさんはめているブレスレットが澄《す》んだ音をたて、カラフルなワンピースにはダイヤの形のもようがついていた。

「わたしはもう、あれはただのおかしな夢《ゆめ》だったんじゃないかしらって、思っていたのよ」

アンナがいった。「あれからすでに七十年近く、たっているしね。あなたはどうやってシスターランドへいったのか、あそこでなにがあったのか、聞かせてちょうだい」

アリーサはジュースをひとくち飲んでから、アンナにすべてを話してきかせた。アリーサとメリが女王リリに勝利をおさめたところまでくると、アンナの目になみだがうかんだ。

「あの子、そんなふうになってしまったのね……悲しいことだわ」

なみだをぬぐいながら、アンナがいった。

「女王リリは、あなたがシスターランドをいやになって、もう女王の友だちでいたくないからいってしまったのだと思っていました」

「まあ、ぜんぜんちがうわよ！」

「それで女王は、シスターランドをもっと美しい、永遠《えいえん》の夏の国に変えようとしたんです。そうすれば自分を好きになってもらえるし、必要としてもらえるし、もうだれもあの国から出ていこうとしなくなると考えて。女王は、わたしとメリが女王の友だちになって、あの国に残ることを望みました」

「かわいそうなリリ」アンナはためいきをついた。「だれかをむりやり友だちにすることはできないのに。くさりでつないでもだめ。あの子がドラゴンたちにしたようにね」

「あなたがあの国にいたころ、女王はどんな人だったんですか？」

アリーサがたずねると、アンナの表情《ひょうじょう》がやさしくなって、うっとりとした顔つきになった。ひたいのしわが消えていく。そのすがたは、きゅうに何十歳《さい》も若《わか》がえったかのようだ。

「あのころのわたしは、ほんとに小さな女の子だったわ。いまのあなたと同じくらいのね。ある夏の日、森でねえさんたちとかくれんぼをしていて、道にまよってしまったの。気がつくとあたりのようすが見たことのない景色に変わっていたわ。そのとき、いっぴきの大きな

Modern pa

オオカミがあらわれた。こわくなって、走ってにげたんだけど、足元の地面にぽっかり穴《あな》があいて、そこに落っこちたのよ。どんどん落ちて、落っこちた先がシスターランドだった。あなたと同じように」

そこでアンナは、思い出をたどるようにひといきついた。

「そのころにはもう、いま話してくれた生きものたちがみんなあそこにいたわ。だけど、ドラゴンは自由に飛びまわり、ふしぎの花園には門なんかなくて、だれでも中に入れたのよ。リリも、すでに魔《ま》法《ほう》の力を持っていたけれど、やっぱりまだ小さな女の子でね。遊び友だち

をつれてきてほしいと、あの子がステンオレントにたのんだのよ。ひとりぼっちでさびしいからって」

「でも、そのころのことをおぼえている人が、シスターランドにだれもいないのはどうしてなんですか？」

「あの国の時間の流れかたは、こっちの世界とはちがうのよ。こっちで七十年がすぎるあいだに、あっちでは何百年もたったのかもしれないわ」

「それで、ふたりは友だちになったんですか？　みすてられた遊園地で、ふたりの絵を見たんです」

「ええ、わたしたちは親友どうしになったの」アンナはほほえみながらこたえた。「リリほど仲のいい友だちは、あとにも先にもできなかった。あの遊園地は、わたしたちふたりのための、すてきな場所だったわ。だからあそこに〈リリアンナ〉という名前をつけたのよ」

「じゃあ、どうして……」

「どうしてわたしが、こっちにもどったかって？　家族がこっちにいたからよ。わたしの家が、こっちにあったから。どんなにシスターランドがすてきなところでも、ここがわたしの場所なんだって、わかっていたの。リリにはそれがわからなかった。はげしいけんかをしてしまってね、そのあとわたしはスデンオレントにたのんで、こっちにつれかえってもらったのよ。目がさめたら迷子《まいご》になった森の中にいたの。ねえさんたちがわたしを見つけてくれたわ。夏じゅうずっとシスターランドにいたはずなのに、こっちの世界では、ほんの何時間かいなくなっていただけだったのよ」

アンナはひたいをこすっている。ブレスレットが音をたてた。

「あとになって、あんなことしなければよかったと思ったわ」やがてアンナはためいきをついた。「もどってこなければよかったという意味じゃないの。そうじゃなくて、リリとけんか別れしてしまったことよ。とくに、あの子がずっとわたしにきらわれてると思いこんできたなんて、聞いてしまったいまとなっては……」

「友だちにきらわれてると思ったら、ほんとにつらいですよね」

アリーサは、こちらの世界にもどってから親友のメリがどんなふうに変わってしまったかを、アンナに話した。

「どうしてメリがあんなふうになってしまったのか、心あたりはありますか？　どうやったら記憶《きおく》を取りもどしてもらえるのかな？」

アリーサのことばに、アンナはしばらく考えこんだ。

「影《かげ》たちの鏡だわ」やがてアンナはいった。「あのころ、リリはちょうど鏡をつくっているところだった。鏡のかけらが人間の中に入りこむと、その人はシスターランドでの出来事をすべてわすれてしまい、内側から冷たくなっていく、リリはそういっていた。わたしたち、鏡のことでもけんかしたのよ。そんな鏡をつくるなんてまちがってると、わたしは思ったから。わたしの考えでは、あなたたちが鏡をこわしたとき、リリは最後の力で鏡のかけらをメリの中へ入りこませたんじゃないかしら。自分に友だちができなかったから、あなたたちが友だちどうしでいるのも気に入らなかったのね」

アンナの話を聞いているうちに、アリーサの頭の中で、ばらばらだったすべてのピースがぴたりとはまったように思えた。アリーサにははっきりとわかった。鏡のかけらのきらめきは、メリの目の中に見えた光だ。あれがアリーサを切りさいて、こんなにきずつけたのだ。

「どうやったらかけらを取りだせますか？」

「鏡のかけらをとかすものが、ひとつだけあるの。それはほかでもない、リリのなみだよ」

「だったらわたし、シスターランドへもどらなくちゃ」

「いくことさえ、できればね。もしもいくことができたら、わたしからリリへの手紙を持っていってもらえるかしら？　リリをきらいだなんて、わたしは一度も思ったことがないのよ、それをあの子に知らせてあげたいの」

「もちろんです」アリーサは約束した。

アンナは小さなうすい紙に手紙をかくと、きっちりと巻《ま》いてから、小さなガラスびんにつめた。それからコルクでしっかりふたをして、びんに革《かわ》ひもを巻《ま》きつけ、アリーサの首にかけてくれた。アリーサはびんをまもろうと、シャツの中にすべりこませた。

アンナはアリーサの肩《かた》に手をおき、目になみだをうかべてアリーサを見た。

「きてくれてありがとう、小さなアリーサ。なにもかも、わたしの空想だったのかと思っていたのよ。頭がおかしいと思われるのがこわくて、なにがあったのかだれにも話す勇気がなかったの。こんな、よぼよぼのおかしなおばあさんになってやっと、おぼえているものを絵にえがく勇気が持てたのよ。あなたがお友だちを取りもどせるように、願っているわ。いつかふたりで会いにきてね」

「きっときます！」

アリーサもなみだがでてきた。アンナはアリーサをやさしくだきしめ、いつまでもそのままでいた。

19

もうひとつの国へ、もうひとつの水辺へ

〈世界と世界のさかいめを越《こ》えていったりきたりできるのは、スデンオレントの一族だけ〉

その夜、アリーサは心の中で考えていた。暗やみが部屋のすみっこからすみっこへ動いて、考えはすがたをかくしたり、ほかの考えのかげにかくれたりしてしまう。

〈スデンオレントは、呼《よ》びだされたときだけあらわれることができる〉

「スデンオレント、デンオレント、オレント、レント、ト」

アリーサは天井《てんじょう》に向かって何度もささやいた。

それはアリーサの魔法《まほう》の呪文《じゅもん》であり、祈《いの》りのことばであり、願いと希望だった。何度もくりかえしているうちに、文字は頭の中で色のついたかがやく点になり、天井《てんじょう》をつきぬけて夜空へのぼっていき、アリーサがいくことのできない世界まで飛んでいった。

あの世界はいまでもちゃんと存在《そんざい》しているのだろうか。影《かげ》たちの鏡をこわしたことで、シスターランド全体を破壊《はかい》してしまったのだとしたら？　スデンオレントは？　アリーサには

わからなかった。ただ、自分の呼《よ》び声がだれかの耳にとどいてほしい、それだけを体じゅうの細胞《さいぼう》のひとつひとつが望んでいた。アンナからあずかったガラスびんを、アリーサはしっかりにぎりしめた。

ねむりに落ちたアリーサは、灰色《はいいろ》の夢《ゆめ》の中にいた。夢《ゆめ》は濃《こ》い霧《きり》となってアリーサにまとわりつく。水のにおいがして、悲しみと冷たさがからみあっている。霧《きり》のほかにはなにも見えない。

やがて、聞きおぼえのある、かろやかにふるえるような音がひびいた。そして灰色《はいいろ》の夢《ゆめ》の中からトンボのすがたのスデンオレントが飛んできた。そのすがたはありとあらゆる色あいにかがやいて、あまりの美しさにアリーサは泣きだしてしまった。トンボがオオカミに変身すると、アリーサはその毛皮に顔をおしつけた。毛皮はあたたかく、そこには深い森があって、ほっとしたアリーサのなみだがやわらかく吸《す》いこまれていった。

どうして泣いているのか、自分でもよくわからなかった。メリのこと、消えてしまった友《ゆう》情《じょう》のことを思って、なみだを流したのかもしれない。それから、アンナとリリのうしなわれた友情《ゆうじょう》のことも。

スデンオレントは安心させるように静かな低い声をのどでひびかせた。ネコがのどを鳴らしているような、うなっているような声だった。アリーサはだんだんに泣きやんで、スデンオレントの毛皮でなみだをぬぐった。それからスデンオレントの金色の目をまっすぐにのぞきこんだ。とうとう、おそれていた質問《しつもん》をするときがきたのだ。

「どうすればもう一度シスターランドへいける？」

もしもスデンオレントが、そんなことはできない、とこたえたら、すべておわりだ。

今回はおまえをむかえにいくことはできない。わたしの羽は弱ってしまっている。あまり遠くまで飛べないのだ。シスターランドは変わってしまった。魔法《まほう》が以前よりすくなくなってしまった。それに、おまえがふたたび自分の世界へもどれるという約束《やくそく》もできない。それでもいきたいなら、二度ともどれないかもしれないと覚悟《かくご》してほしい。おまえの使命は困難《こんなん》で、果たせなくてもおかしくはない。

スデンオレントのことばはアリーサの耳にしっかりとどき、これは真剣《しんけん》な話なんだとわかった。スデンオレントはほんとうのことをいっている。それでもアリーサはこわくなかった。自分がなにを望んでいるか、ちゃんとわかっていたから。

「なにをすればいいか、おしえて」

スデンオレントの金色の目がきらりとひかった。そして、アリーサのすぐわきまで頭を下げると、どうすればいいか、そっと耳うちしてくれた。そのことばは、黄金の文字でしるされた掟《おきて》のように、アリーサの中にきざみこまれた。

それがすむとスデンオレントは灰色《はいいろ》の霧《きり》の向こうへ消えていった。その灰色《はいいろ》はもう夢《ゆめ》ではなく、窓《まど》から部屋の中へさしこもうとする、朝の灰色《はいいろ》の光だった。

つぎの日、アリーサは屋内プールの飛びこみ台の下に立ち、寒さとこわさでふるえていた。授業《じゅぎょう》がおわると、心を決めて屋内プールにやってきたのだ。なにをすればいいのかはわかっている。だけど、そんなことをする勇気があるか、自分でももうわからなくなっていた。

階段《かいだん》を三度のぼり、三度おりて、もう一度のぼるがいい。

それが、スデンオレントからの第一の指令だった。五メートルの高さがある飛びこみ台のてっぺんをめざして、アリーサは階段《かいだん》をのぼりはじめた。てっぺんまできたとき、うっかり下を見てしまった。思っていたより、ずっと高い。あわてて階段《かいだん》をおりた。おりるのは指令の中でいちばんかんたんなことだ。下までおりると、アリーサはしばらく息をととのえてから、ふたたびのぼった。そしてもう一度おりた。三度めに階段《かいだん》をのぼりはじめるころには、アリーサのおかしな行動にプールにいる人たちの注目が集まりだしていた。監視員《かんしいん》がブースを出て飛びこみ台に向かってくる。

おりていったアリーサに、監視員《かんしいん》はきびしい声でいった。

「いったいなにをふざけてるんだ？　この階段《かいだん》は遊び場じゃないぞ」

まだ若《わか》い、かなりやせた男の人だ。

「飛びこみたいんですけど、上までいくとこわくなっちゃって」

そうこたえながら、アリーサはアンナからあずかったガラスびんを背中《せなか》のうしろにかくした。

アリーサのことばは、まるっきりのうそではなかった。うそだとしても、そんなにひどいうそじゃない。

「もうちょっと大きくなってから、またきたらどうかな。ちゃんと飛びこむ勇気が持ててからね」

監視員《かんしいん》の声には、意外にも思いやりとはげましがこもっている。

「だけど、いま、飛びこみたいんです」

アリーサがいいはると、監視員《かんしいん》はためいきをついた。

「一日じゅう、階段《かいだん》をのぼったりおりたりしているわけにはいかないよ」

「つぎに上までのぼったら、かならず飛びこむって約束《やくそく》します」

アリーサは、できるだけ自信のありそうな声を出そうと努力しながらいった。

監視員《かんしいん》はうたがいぶかそうにアリーサを見ている。やがてその顔がやさしくなった。

「わかったよ。でも、今度こそ、ぐずぐずしちゃだめだからね」

アリーサはにっこりとほほえんで、ただうなずくだけにした。約束《やくそく》することはできなかったから。

そして階段《かいだん》をのぼりはじめた。これで四度めになる。足がふるえている。今度こそほんとうに飛びこまなくてはならないと、わかっているからだ。こんな高い場所から飛びこんだことなんて、これまで一度だってない。てっぺんについたアリーサは、下のほうできらめいている水面を見おろした。何キロもはなれている気がする。メダマルン海と同じターコイズブルーだけれど、あの海がいつもいたずらっぽく手まねきしているようだったのにくらべ、プールの水はきびしくてよそよそしく見えた。

足の力がぬけてしまい、アリーサは手すりにつかまらないと立っていられなくなった。とつぜんふにゃふにゃになった両足は、まるでマシュマロでできているみたい。飛びこむなんて、ぜったいにむりだ。

ふと、メリのことが心にうかんだ。メリの記憶《きおく》がもどるなら、どんなことだってすると決めたじゃない。でも、ほんとうに本気？　そのとき、中学生くらいの男の子たちのグループが、笑ったりさわいだり、つつきあったりしながら階段《かいだん》をのぼってくるのが、アリーサの目に入った。あの子たちがてっぺんにやってくる前に、飛びこまなくてはならない。アリーサは深く息を吸《す》った。マシュマロみたいな足に、せめてソフトキャンディくらいになってよ、と命令する。手すりにつかまらなくても歩けるように。

反時計回りに、五回まわれ。

スデンオレントのふたつめの指令だ。

反時計回りってどっちだっけ、とすこし考えてから、アリーサはその場でまわりはじめた。男の子たちの声と足音が近づいてきたのがわかる。監視員《かんしいん》が下でどなるのが聞こえた。

「ちょっと！」

ぐるぐるまわってふざけていると、監視員《かんしいん》はきっと思ったのだろう。あの人は知らないのだ。これはまちがいなく、真剣《しんけん》な問題にかかわることなのだと。

五回まわりおえるころには、アリーサはすっかり目がまわってしまっていたが、ぐずぐずしてはいられない。男の子たちは、もうそこまでのぼってきている。

うしろむきで飛びこむがいい。目をとじて、こうとなえながら——もうひとつの国へ、もうひとつの水辺へ。

飛びこみ台のはしまでいく。おなかの中がいやな感じにひっくりかえる。

アリーサはうしろむきになった。まさにそのとき、男の子たちがてっぺんまでのぼってきた。アリーサは目をとじて、メリの笑顔を思いうかべた。アリーサの友だちだったころのメリ、アリーサを親友だといってくれたメリの笑顔。

監視員《かんしいん》が下でなにかさけんでいる。アリーサは聞いていなかった。うしろむきに飛びこんではいけないことくらい知っている。禁止《きんし》されていることだ。だけど、禁《きん》じられたことをしなくてはならないときだってあるのだ。

アリーサはガラスびんをにぎりしめ、飛びこみ台をけると、声に出してとなえた。

「もうひとつの国へ、もうひとつの水辺へ」

アリーサは空気を切りさいて落ちていき、ほどなくつまさきが水面をたたいて、体が水の中にしずみこんだ。これでほんとうにだいじょうぶなのかなと、アリーサは心配になった。もしも、ここはやっぱり自分の世界の屋内プールで、じきに水面にうかびあがり、監視員《かんしいん》からどなられるだけだとしたら?

けれども、すぐに気づいた。しずんでるんじゃない、水の中を落ちてるんだ。感じかたがちがう。水の抵抗《ていこう》がすっかり消えて、アリーサはものすごいスピードで落ちていき、目をあけると、右も左も、たいへんな勢《いきお》いで流れていく青や緑の水につつみこまれている。

アリーサはぐんぐん落ちていった。

このままいつまでも落ちていくだけなのかと思った。けれども、やがてスピードがゆるくなり、最後にはすっかり止まって、アリーサはあたたかい海の水につつまれていた。まだ死にたくないなら、いますぐ水面にうかびあがらなくてはと、つぶれそうな肺《はい》がさけんでいる。

上を見ると、太陽の光のさしこむ水面が目に入った。水面をめざしておよいでいく。ありったけの力で水をけり、腕《うで》を動かして、上へ向かう。ついに水面から顔を出すと、アリーサは夢中《むちゅう》になって胸《むね》いっぱいに息を吸《す》いこんだ。しばらくのあいだせきこんでしまい、しおからい水を飲みこまないように気をつけなくてはならなかった。

そう、水はしおからい味がした。塩素《えんそ》が入った屋内プールの水とはちがう。

あたりを見まわしたアリーサには、すぐにわかった。ほんとうに、ここはもう自分の世界ではないことが。

第５部

ソウルシスター

20 ほんとうの友だちからのメッセージ

アリーサは船に取りかこまれていた。もっとも、ちゃんとした船といえるのはごく一部だけで、ほかはどれも、おかしな手作りのいかだや、板きれや、ふとい枝《えだ》、なにかの入れもの、そんなものばかりだった。どうにかして水にうかぶものなら、なんでもいいという感じ。うかんでいるものはみんな、おたがいにひもやロープや、植物をあんだなわで結《むす》びつけられていて、水にうかんだ村がひとつ、そこにできあがっているかのようだ。

ボートやいかだや木ぎれに乗っているのは、なつかしいシスターランドの住人たちだった。みんなで会議をひらいているらしい。

「こんにちは！」アリーサは声をはりあげた。

だれもこっちを見てくれないので、声をすこし大きくしてもう一度さけんだ。すると、いかだのマストの上でゆられていたクフ・ローが、ようやくアリーサに気づいてくれた。

「おや。あの小さな人間ではないか。リアーサ」

「アリーサよ」

「リアーサ。そういったじゃろ」

「みんな、ここでなにしてるの？　それと、だれかわたしを引っぱりあげてくれない？」

すぐわきにうかんでいるボートに夢織《ゆめお》りたちが乗っていて、手をさしのべてくれたので、アリーサはボートによじのぼることができた。ガラスびんをちゃんと持っているか、コルクでふたをした中に水が入っていないか、たしかめる。だいじょうぶだ。アンナの手紙は無事だった。

そのボートには船乗りキツネのロックスも乗っていた。ほえるように陽気なあいさつをして、アリーサのほほをなめてくれる。

「ウサギじゃないか！　もう二度と会えないかと思ってたよ！」

「わたしもよ」アリーサはロックスの耳をなでながらこたえ、あたりを見まわした。「火花号はどこ？」

「物語の漁に出てるんだ。大洪水《こうずい》のあと、海の底には物語がますますふえてね。メダマルンたちはちょっと遠くのほうで、海の怪物《かいぶつ》にそなえて見張《みは》りをしてるよ。いまじゃこのあたりには怪物《かいぶつ》も出るんだぜ。すべての生きものがみんないいやつとはかぎらない。海の深みには、

TILD

邪悪《じゃあく》なものもひそんでるんだよ」

「だけど、ロックスが火花号に乗ってないなんて、どうしたの？」

「この〝うかぶ村〟で、月に一度ひらかれる会議に、乗組員のだれかが出席することになってるんだ。今月はおれさまが当番ってわけさ」

ロックスのことばを、アリーサはびっくりしながら聞いていた。いろんなことが、ずいぶん変わったらしい。

「この水はどこからきたの？」

「大洪水《こうずい》のせいだよ、さっきもいったけどな」

するとクフ・ローがふたりのところへ飛んできた。

「もうひとつの国へ、もうひとつの水辺へ」クフ・ローはさけんだ。「水は、ひとつの世界から、もうひとつの世界へと動くのじゃ」

アリーサは自分の世界でとけた雪のことを考えた。クフ・ローのいったことはもっともだ。雪どけの水は、どこかへ流れていくにきまっている。その途中《とちゅう》でしおからい海水にすがたを変えただけなんだ。それもまた、ちゃんと理屈《りくつ》に合っている気がする。世界と世界のあいだでは、たえず変化が起きているのだ。

「ここはたくさんの島がある世界になったのじゃよ。それはいいんじゃが、まともなコーヒーがなかなか飲めなくてなあ」クフ・ローがいう。

「ふしぎの花園の住人は、いまじゃみんな自分の島を持っているんだ」ロックスもいった。

「花園そのものは水中の楽園になって、みんなあそこへダイビングをしにいくんだ。島から島へドラゴンが飛びまわり、みんなをあっちからこっちへと送りとどけてくれるけど、月に一度は、うかぶ村の会議がこうやってひらかれる。会議のときはみんなボートやなんかでやってくるんだ。いまは、島々を結ぶしっかりした橋をかけられるか、話しあっているところさ。橋があれば移動《いどう》が楽になるからな」

「みんなが力をあわせることと、それからすこしばかり魔法《まほう》が必要でね」夢織《ゆめお》りが口をひらいた。「女王リリが必要なのだが」

「女王はいないの？」アリーサはぎょっとして聞いた。

ロックスが首をふっている。

「粉雪城《こなゆきじょう》は空の上からくずれおちてしまい、そのあと女王のすがたを見た者はだれもいないんだよ」

アリーサは体が冷たくなるのを感じた。女王が死んでしまったのだとしたら？

「ドラゴンたちでも、女王を見つけられなかったの？」

「そうじゃよ」とクフ・ロー。「ほんとうの友だちからのメッセージだけが、女王をつかまえることができるんじゃ」

ほんとうの友だちからのメッセージ。アンナの手紙。それならアリーサが持ってきている。

アリーサはくちびるに指を二本あて、みんなに注目してもらおうと、するどい口笛をふいた。みんながこっちを見ると、アリーサはせきばらいしてから、大きな声でいった。

「みなさん、こんにちは！　わたしの名前はアリーサ、みなさんのほとんどはわたしのことを知ってますよね。わたしは友だちのメリといっしょに、わたしたちの世界を救いました。でもいまは、メリを救うためにこちらへもどってきたんです。みなさんのおてつだいも、すこしはできるかもしれません。みなさんの村の一部を、ボートとしてわたしにくださるなら、わたしは女王リリをさがしにいき、きっとみなさんのもとへつれてかえると約束《やくそく》します」

シスターランドの住人たちはしんと静まりかえった。

「わたしたちでさえ見つけられなかったのに、どうやって女王をさがしだす？　どうやって？　どこから？　なぜ？　いつ？」

そういったのは、植木鉢《うえきばち》ごと会議につれてこられたなぜなぜ花だった。

「わたし、女王が望みそうなものを、持っているんです」

いいながら、アリーサはガラスびんをにぎりしめた。

「わしの考えでは、人間の子はするどい点をついておるぞ、とてもするどい点を」クフ・ローがはっきりしない声でいった。

クフ・ローのことばを信じようと、みんながいってくれた。うかぶ村のはしっこから木の幹《みき》の切れはしが取りはずされて、アリーサのボートになった。ふしぎの花園のまんなかにそびえていた大きなオークの木の一部だと、アリーサは見てとった。ロックスはしばらくのあいだ、鼻づらをアリーサの肩《かた》におしあてたままでいたが、やがてこういった。

「もどってこいよ。みんなでまってるからな」

「約束《やくそく》するわ」

そういうと、アリーサは小さい枝《えだ》をオールがわりに使いながら、青と灰色《はいいろ》のいりまじった波がうねる広々とした海へ、こぎだしたのだった。海はどこまでもつづいているように見えた。

21 なみだ

どれくらいボートをこいだのか、アリーサにはもうわからなかった。途中《とちゅう》でいねむりしたかもしれない。昼の灰色《はいいろ》が夜のうすやみに、おそらくは何度も入れかわった。寒いし、おなかがすいたし、のどもかわいている。腕《うで》が痛《いた》むし、つかれてしまった。

それでもアリーサはあきらめようなんて一度も考えなかった。こんなことをしているのは自分のためじゃない、メリのためだ。自分が友だちを取りもどしたいという、ただそれだけのためでもない。メリに記憶《きおく》とぬくもりを取りもどしてほしかった。

けれどもとうとう、アリーサは心底つかれきってしまった。目をとじたら、もう二度とあけられない気がする。そのままねむりこんでしまい、海にころがりおちて、おぼれても目がさめないかもしれない。

そのとき、聞きおぼえのある羽音《はおと》がアリーサの耳にとどいた。スデンオレントが、トンボのすがたをとって飛んできたのだ。風の子がひとり、ついてきている。スデンオレントと風の子は、アリーサの手に水の入った水筒《すいとう》をわたしてくれた。どれほど遠くからはこんできてくれたのだろう。アリーサはごくごくと水を飲んだ。水はぬるくて、すこしよどんだ味がしたけれど、こんなにおいしい飲みものははじめてだと思った。

「ありがとう」ひといきつくとアリーサはいった。

あきらめてはいけない。五番めの月のそばでかがやく、夕べの星に目を向けるのだ。その星をめざして旅をつづければ、女王を見つけだせるだろう。

「ふたりはいっしょにこられないの？」

そうたずねると、アリーサはきゅうに、ものすごく心細くなってしまった。

「ざんねんながら、だめなんです」風の子がこたえた。「あなたはひとりで女王を見つけださなくてはならない。これは、あなたの旅、あなたの使命なんです」

「ところで、風の子たちとステンオレントの一族は、友だちになったの？」

トンボと風の子はちらりとたがいの顔を見た。

そういっていいと思うが。

「このけだものたちが、どうしようもない食欲《しょくよく》をおさえていられるときはね」と、風の子。

口のききかたに気をつけろぉぉぉ、さもないと……。

「あんたみたいなのろまに、つかまるもんですか！」

そのままステデンオレントと風の子は飛びさってしまった。

アリーサは五番めの月をさがそうと空をみわたした。

いちばん小さくて、いちばん赤い月。それがちょうど、暗くなっていく夕空にのぼってくるところだった。その左に、明るい夕べの星がきらめいている。

アリーサは星に向かって方角をさだめると、ふたたびボートをこぎはじめた。さがしている人を、きっと見つけられる。そう信じると、つかれて痛《いた》む腕《うで》に力がよみがえってきた。


暗い夜のあいだ、アリーサはずっとボートをこぎつづけた。夜が明けかけたころ、白くうずをまく霧《きり》が水面に立ちのぼってきた。方角がわからなくなりそうで、もうあまりスピードを出せない。アリーサは、木の幹《みき》のボートを静かにすべらせながら、霧《きり》の中を進んでいった。ふいに、黒い人影《ひとかげ》が霧《きり》の向こうにあらわれた。近づいていくと霧《きり》がうすくなり、アリーサはそこに、さがしている人のすがたを見いだした。

女王リリは、小さなボートに乗ってあみを海の中へおろしていた。前とはだいぶようすがちがっている。長くて白い髪《かみ》はもつれたのをまとめて結《ゆ》いあげてあり、鳥の羽根や、木の枝《えだ》や、ドライフラワーが、あちこちにつきささっている。氷のように白くかがやいてすばらしかったドレスはぼろぼろの灰色《はいいろ》になり、さまざまな色の布《ぬの》きれであちこちにつぎがあたっている。はだしの足、腕《うで》もむきだしだ。はだはもう絹《きぬ》のようになめらかではなく、ふつうの人間と同じようにみえた。

女王は前よりも小さくなり、年をとって、したしみやすくなった感じがした。女王のとてつもない力や怒《いか》りを見たことのあるアリーサでも、ちっともこわくない。

「女王リリ！」アリーサはよびかけた。

女王はおどろいた顔になり、アリーサのほうへ目を向けた。その目はもうきらめく氷ではなく、青のまじった灰色《はいいろ》だった。ふしぎそうに、ひたいにしわをよせている。

「アリーサ？」とまどったようすで、たずねてきた。「あれから長いときがすぎたわ……百年、さらにもう百年」

「今回は、そんなに長い時間はたってないんです。女王リリ……」

「ただのリリよ。わたしはもう女王じゃないの」

女王はアリーサのことばをさえぎった。悲しそうに、静かなためいきをつく。

「あみでなにを引きあげようとしてるんですか？」

「わたしの国が、残したものを。いろんなごみとか、がらくたとか、打ちすてられたものをね。かつては美しく、たいせつだった、すべてのもの。それを集めて自分の島をつくるの。じゅうぶんな大きさになったら、島に移《うつ》りすむつもりよ。死ぬまでひとりで暮《く》らすために」

アリーサは、女王が海からあみで引きあげたいろいろなものに目をやった。もとはどんなものだったのか、いまではもうよくわからない。宮殿《きゅうでん》のかけら？　ドラゴンたちの宝《たから》？　船の帆《ほ》？

とつぜん、これは自分のせいだ、という強い思いがアリーサをおそった。メリとふたりで鏡をこわしたりしなければ、女王リリの王国はいまも変わらず美しく、すばらしかったはずだ。こうなったのは、リリひとりのせいじゃない。アリーサとメリのせいでもある。

「きっと、ものすごく不幸なんでしょうね」

アリーサがいうと、リリは考えこむように首をかしげた。

「そうね。でも、そうではないともいえる」やがてリリはいった。「もうなくなってしまったいろいろなもののことを考えると、悲しいし、さびしくなる。だけど、わたしは前より自由になった。女王でいるのはたいへんなことなの。わたしはあらゆるものに対して責任《せきにん》を持っていたしね。ふしぎの花園にさいている花のひとつずつにも、スデンオレントの羽一枚にも。わたしにはもう王国はないけれど、責任《せきにん》もないわ」

「王国ならいまでもあります。ただ、前とはようすがちがうだけ」

　リリは首をふった。

「わたしはすべてを破壊《はかい》してしまい、みんなをうらぎったわ。死ぬまでひとりぼっちですごすのはとうぜんよ。みんなわたしのことをにくんでいるのだから」

「にくんでなんかいません。みんな、あなたにもどってきてほしいと願っています。みんなと力をあわせてもらえませんか。みんなに手をかしてもらえませんか」

　リリは悲しげにほほえんだが、だまっている。

「アリーサ、あなたはどうしてここにいるの」やがてリリがいった。「お友だちといっしょに、きっぱりと決めたじゃないの。自分の世界で生きていきたいって」

「友だちのためなんです」

　アリーサは、メリがどんなふうに変わってしまったかということや、鏡のかけらがメリの中に入ってしまったことを説明し、最後にこういった。

「あなたなら、鏡のかけらをどうやってとかせばいいか、知っていると思って」

　するとリリは、にっこりと笑顔になった。

「わたしがお友だちをここへ呼《よ》びもどしてもいいわ。それくらいの力なら、わたしにもまだ残っている。それから、鏡のかけらを手術《しゅじゅつ》で取りだして、かけらは新しい影《かげ》たちの鏡をつくるために使えばいい。そうすれば、なにもかもがもとどおりになる。あなたたちはいつまでもここにいて、わたしのむすめになればいいのよ。プリンセスになるの。ほしいものならなんでも手に入るわ。わたしたちはみんな、これまでいちばん幸せになるのよ」

リリの背《せ》すじがしゃんとして、その目はかがやきだしている。しかし、今度はアリーサが首をふる番だった。

「だめよ、リリ。わたしはそんなことしたくない。そんなのはきっとまちがってる」

一瞬《いっしゅん》、リリが怒《おこ》って、氷のあらしをまきおこすかと思えた。けれどリリは、ただ肩《かた》をすくめただけだった。

「ほんとね。そんなのはもう、すぎたむかしのこと。実現しなかった夢《ゆめ》なんだわ」

「でも、どうしたらわたしたちの世界にある鏡のかけらをとかせるか、それは知ってるんですね？」

アリーサが熱をこめてきくと、リリはうなずいた。

「もちろん知っているわ。わたしのなみだが、かけらをとかすはず。ただ、アンナがいってしまってからというもの、わたしは一度も泣いたことがないの。アンナがいなくなったときは、いく晩《ばん》も泣いたけれど、それでなみだがかれてしまったのね。いまではもう、泣きたいと思っても泣けるかどうか」

アリーサはガラスびんをリリにさしだした。

「これ、アンナからです」

リリの手が、おどろきと不安でふるえだした。

「アンナから？　どうやって……？　あなた、アンナを知ってるの……？」

「とにかく、あけてみてください」

リリはふるえる手でびんのふたをあけ、中から小さな紙きれをそっと取りだした。

「これはなに？」ふしぎそうにたずねる。

「手紙です」

「わたし、字が読めないの」リリは暗い声で、ためいきまじりにいった。

「わたしが読んであげます」

そういうとアリーサは紙きれを手に取り、丸めてあるのを広げて、声に出して読みはじめた。

たいせつなリリへ

　あまりにも長い時間がたってしまったけれど、いまでもあなたが、わたしのことばに耳をかたむけてくれるよう願っています。あれからずっと、あなたのことを考えない日はありませんでした。わたしが去ったのは、あなたのことや、シスターランドのことがきらいになったからではないし、けんかをしたからでもありません。どうしても自分の世界に、自分の家に、帰らなくてはならなかったからです。もしもあなたがわたしだったら、同じようにしたでしょう。わたしにはわかるわ。

　いまでもあなたとシスターランドの夢《ゆめ》を見ます。あのあと一度も、あなたほどの親友はできなかった。あなたはわたしの〝心の友《ソウルシスター》〟だったし、これからもずっとそうよ。

あなたのアンナより

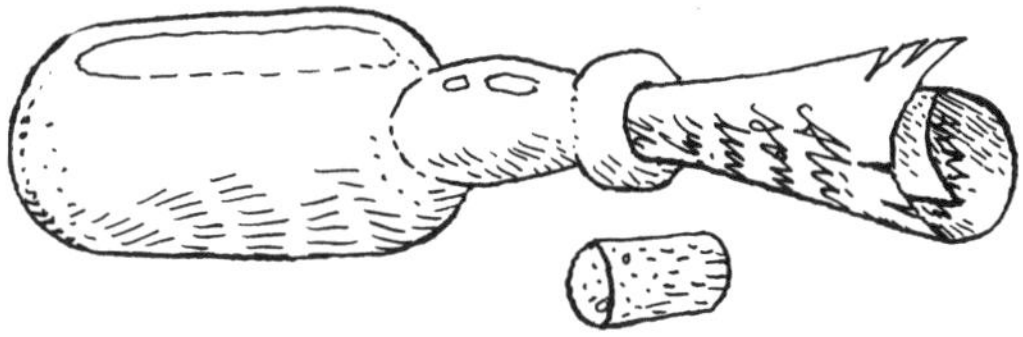

リリの目が大きく見ひらかれ、その目の中でさざ波がゆれだしたのに、アリーサは気づいた。大つぶの、きらきらひかるなみだが、リリのほほをぽろぽろと伝《つた》いおちた。そのひとつぶずつを、リリはガラスびんに集めている。なみだをたくさん流していても、リリは悲しそうではなく、どちらかというと幸せそうだった。

「きっと、わたしの中にあったかけらもとけたのね」やがてリリはほっと息をつき、ガラスびんをアリーサにさしだしながらいった。「きてくれてありがとう。手紙を持ってきてくれて、ありがとう」

アリーサも自分のなみだをぬぐった。しばらくのあいだ、ふたりはだまったまま、波がボートにゆられるままに、静かにすわっていた。

やがてリリが、夢《ゆめ》見るような声で聞いた。

「みんながいまでも、わたしといっしょに王国をつくりたいと願っているなんて、ほんとうにそう思う?」

「まちがいないです。みんなは橋をかけたいって」

「わかったわ。では、いきましょう。でも、その前にわたしの島を取ってこなくては」

ふたりはいっしょに、リリがつくりかけている小さな島のところまで、霧《きり》をぬけてボートをこいでいった。アリーサがボートがわりにしてきた木の幹《みき》を島につなぎあわせ、さらにその島を、リリのボートのうしろにしっかりしたロープでくくりつける。それからふたりは、アリーサがさししめす方角へ、ボートを進ませていった。

旅の途中《とちゅう》で、アリーサはすっかりつかれてしまい、ボートの底にまるくなってねむってしまった。ねむりに落ちる前に、リリがいった。

「あなたは勇敢《ゆうかん》な子ね、アリーサ。どうしてこんなことができるの？」

「親友がいなければ、生きていても意味がないからです」

アリーサはあくびをしながらこたえた。

「ほんとうに、あなたのいうとおりかもしれないわね」

リリはそっとつぶやいた。

22 別れ

ひんやりとしめった鼻づらがほほにおしあてられるのを感じて、アリーサはねむりからさめた。頭の中に、聞きおぼえのある低い声がひびいている。

われわれは待っているぞ。

アリーサは目をあけた。オオカミのすがたをとったステンオレントがボートに乗っていて、金色の目でこっちをみている。

ねぼけまなこのまま体をおこしたアリーサは、何十、何百という目が自分を見つめているのに気づいた。リリのボートはうかぶ村までちゃんとたどりついたようだ。この世界の住人がみんな、メダマルンもふくめて、勢《せい》ぞろいしている。火花号も、ドラゴンたちもいる。みんなは静かに、アリーサがなにかいうのを待っていた。

やがてアリーサはいった。

「わたし、リリをみなさんのところへつれてきました」

シスターランドの住人たちは顔を見あわせ、ひそひそと、ささやきあっている。とうとうクフ・ローが思いきったように口をひらいた。

「ほんとうにわしらの女王かね？　ずいぶんと、ありふれた見かけじゃが」

「あなただって〝ありふれた見かけ〟でしょ」アリーサはきつい声でいった。「シスターランドは変わったし、リリも変わりました。もう、女王でもありません。リリはみなさんの仲間なんです」

リリはちょっぴりはずかしそうにほほえんだ。それから、片方《かたほう》の手をあげた。ボートのまわりで海がうずをまきはじめる。やがて波間から海草があらわれ、たがいにからみあって、じょうぶなつり橋になった。リリはうかぶ村の上につり橋を投げあげると、すぐそばにならんでいる、けわしいがけがそそり立つ小さなふたつの島のあいだにかけた。

みんなは感心して、ほーっと声をもらした。

「ち・が・い・な・い、リリじゃよ」クフ・ローが高らかにいう。

いっぴきの小さなドラゴンが、のどからけむりをふきだしてから、小さな声でおそるおそるいった。

「もう、ぼくたちをくさりにつないだりしないよね？」

「約束《やくそく》します。もうだれも、二度とくさりにつないだりしないって」

リリがこたえると、シスターランドの住人たちは大喜びで、いっせいに手をたたいた。そしてすぐに、リリもくわえて会議をはじめた。さまざまな橋のことや、島々を結ぶこと、冬がきたらどうすればいいかなどをみんなで話しあっている。

アリーサはそれを、ちょっぴりさびしい気分で聞いていた。みんなの計画はもう、アリーサにはまるで関係がない。今回この世界からいなくなれば、おそらく二度ともどってくることはないだろう。この世界がどんなふうになるか、アリーサは見とどけることができないのだ。もう、以前ほどきらびやかでも、りっぱでもないかもしれない世界。けれどみんなにとっては自分自身の世界、みんなでわかちあう世界になるだろう。

スデンオレントと船乗りキツネのロックス、それにクフ・ローは、アリーサがだまってそっといなくなろうとしているのに気づいた。そして、お別れをいおうと近づいてきた。

「わたし、どうしたら自分の世界にもどれる?」

アリーサは聞いた。

広々とした海のほかにはなにも見えないところまで、ボートをこいでいくがいい。そして、時計回りに五回まわってから、前むきに水にとびこみ、こうとなえるのだ。〝もうひとつの

水辺へ、もうひとつの国へ〟

アリーサはスデンオレントをだきしめた。森のにおいがする。それから船乗りキツネをだきしめた。キツネは海のにおいだ。最後にクフ・ローをだきしめると、コーヒーと詩のにおいがした。みんなに会えなくなったら、きっとものすごくさびしいと、アリーサにはわかっていた。

それと、海の怪物《かいぶつ》には気をつけるのだよ。

アリーサは、すべての住人たちと、村と、リリと、そしてもう二度と味わえないだろう冒《ぼう》険《けん》に向かって、手をふって別れをつげた。最後の最後にリリがやってきた。手にクフ・ローの羽根を一本持っている。

「手紙への返事がわりに、これを持っていって。この羽根に、世界のさかいめを越《こ》える魔法《まほう》をかけておいたの。アンナが望めば、これを使ってここへ遊びにこられるから」

アリーサは羽根を受けとった。

「それから、アンナにつたえて。わたしにとっても、アンナはずっと〝心の友《ソウルシスター》〟だったし、これからもそうだって」

リリはそういった。

じゅうぶんと思えるくらい遠くまでボートをこいだアリーサは、スデンオレントがおしえてくれたとおりのことをした。

ところが、水に飛びこもうと立ちあがったとき、あたりの海が不気味《ぶきみ》な波をたてはじめたことに気づいた。うずをまき、あわがたち、聞いたこともないようなシュウシュウという音がする。

水面にたくさんの花びらがあらわれた。しかしそれは花びらではなく、逆立《さかだ》てられたうろこ

だった。
巨大《きょだい》な海の怪物《かいぶつ》が、ボートのまわりをぐるぐるとまわっている。怪物《かいぶつ》の頭がシュウシュウ音をたてながら水面にそそり立った。ぽっかりあいたその口にはするどい歯がぎっしりならび……。

「もうひとつの水辺へ、もうひとつの国へ！」

アリーサは声をかぎりにさけび、小さなガラスびんと羽根をにぎりしめると、前を向いて、できるだけ海の怪物《かいぶつ》の口からはなれたところをめがけて飛びこ

んだ。

どんどん深くもぐっていく。

アリーサをつつみこむ水は一面にあわがたち、海の怪物《かいぶつ》の動きにつれて、水がかたまりとなって動いている。波の向こうから、怪物《かいぶつ》が木の幹《みき》のボートに歯をつきたて、こなごなにかみくだく音が聞こえてくる。アリーサはさらに深くもぐり、水をける足に力をこめた。はやく、にげなくては。

にげのびた、と思った瞬間《しゅんかん》、怪物《かいぶつ》のしっぽの先がロープのようにアリーサの足首にまきつき、ぎりぎりとしめつけてきた。おそろしい口をあけている頭のほうへ引きよせられていく。

アリーサはげんこつでしっぽをなぐったが、どうにもならない。苦しくて胸《むね》がはりさけそうだ。もうあまり長くは水の中にいられそうにない。だけど、水から出たらもっとおそろしいことになる。

最後の力をふりしぼって、アリーサは海の怪物《かいぶつ》のしっぽにかみついた。くさった魚と、死の味がする。しかし、かみついただけのことはあり、しめつけていた力がゆるんで、足首が自由になった。気味《きみ》の悪い怪物《かいぶつ》の体につきたてていた歯をゆるめると、口いっぱいに水が入りこんで、アリーサはそれを飲みこんでしまった。

目の前が暗くなり、アリーサはもう、その世界にも、ほかのどの世界にも、存在《そんざい》しなくなった。

23 夢《ゆめ》じゃなかった！

大きなやわらかい羽根が、アリーサのほほをなでている。

クフ・ローの羽根かな？　でも、クフ・ローは小さな鳥だから、羽根がこんなに大きいはずはないわ。それとも、クフ・ローは人間と同じくらいの大きさになったのかな？　そんなことがあっても、おかしくない。なにがあってもおかしくない。

「クフ・ロー」アリーサはつぶやいた。

「アリーサ」

なつかしい声がしたが、クフ・ローの声とはちがう。アリーサはうっすらと目をあけた。ママ。ママがそばにすわり、ほほをなでてくれている。ママの手は羽根のようにやわらかだった。アリーサはベッドに横たわっていたが、自分のベッドではない。天井《てんじょう》には、光がきつくてまぶしすぎる電気がついている。手の甲《こう》に細いチューブが取りつけられて、透明《とうめい》な液体《えきたい》の入ったパックにつながれていた。

「いい子ね、ここは病院よ」

ママの声は、アリーサを落ちつかせようとするときの声だった。

「なにがあったの？」

しゃべるのがすこしむずかしかった。口がからからにかわき、塩素《えんそ》水のような、変な味がする。肺《はい》の中が痛《いた》い。

「屋内プールでおぼれかけたのよ。あやういところで助けられたの。もう、なにも心配いらないわ。しばらくはのどと肺《はい》が痛《いた》むかもしれないけど、危険《きけん》はないんですって。意識《いしき》がもどったし、もうそんなにしっかりしてるんだから、きっと明日にはうちに帰れるわよ」

そういいながら、ママは自分でも落ちつこうとしてるんだと、アリーサにはわかった。ママの目を見れば、泣いていたのがわかる。でもママは、いまはほっとした顔でほほえんでいた。アリーサもにっこりする。やりとげたんだ。海の怪物《かいぶつ》に負けず、自分の世界に帰ってきたんだ。なによりたいせつなのは、魔法《まほう》のかかったクフ・ローの羽根と、鏡のかけらをとかすリリのなみだを、持ちかえったことだ。

だけど……。

アリーサの手は、からっぽだった。毛布《もうふ》の中や上を手さぐりしてみる。なにもない。ベッドのわきのナイトテーブルにも、ガラスのコップのほかにはなにもない。水着は入院用の服にきがえさせられていた。そのとき、だれかがびんを取ったにちがいない。

「びんはどこ?」アリーサはかすれた声で聞いた。

「びんってなあに?」ママは汗《あせ》にぬれたアリーサの前髪《まえがみ》をなでながらいった。

「小さいガラスびん。おぼれかけたとき、持ってたんだけど」

ママはひたいにしわをよせてアリーサを見た。

「夢《ゆめ》でも見たか、ただの空想じゃないかしら。びんなんて、持ってなかったわよ」

「持ってたもん! これくらいの、小さいびんよ! あと、羽根も!」

声をあげると、アリーサはせきこんでしまった。

ママがまた心配そうな顔になる。

「アリーサちゃん。なんだか、うわごとをいってるみたいね。あんまり興奮《こうふん》しちゃだめよ。朝までぐっすりおやすみなさい。ママはもう帰らないといけないんだけど、朝になったらすぐ、お医者さんがいらっしゃるころにはまたくるから。そのときには、退院《たいいん》できると思うわ」

ママはアリーサのほほにキスをして、おやすみといった。アリーサはぐったりして、あいさつがわりに片方《かたほう》の手をちょっと持ちあげるのがせいいっぱいだった。

ママがいってしまうと、熱いなみだがアリーサのほほを伝《つた》いおちた。びんがないなんて。羽根もないなんて。シスターランドにいるうちに、なくしてしまったの？　きっとそうなんだ。あの旅は失敗だった。むだなことだったんだ。

部屋のあかりが消えた。ほかのベッドの患者《かんじゃ》たちは、もう寝息《ねいき》をたててねむっている。みんなをおこしてしまったり、看護師《かんごし》さんを心配させたりしないよう、アリーサは声を殺して泣いた。あまり長いこと泣いたので、しおからい海のまるごとひとつぶん、なみだを流したんじゃないかと思うほどだった。


真夜中、同じ部屋の患者《かんじゃ》のいびきがうるさくて、アリーサは目がさめてしまった。コンクリートのかべにドリルで穴《あな》をあけているのかと思うくらい、うるさい。アリーサはねがえりを打ち、ねむろうとしたが、ねむりかけるとまたいびきがはじまる。暗い部屋の中では、においもふだんより強く感じられた。薬や消毒液《しょうどくえき》のにおい、年とった人間のにおい。病院でひと晩《ばん》すごすのはこれが生まれてはじめてだと、アリーサは思った。

そのとき部屋のドアがひらいて、夜間勤務《きんむ》の看護師《かんごし》がふたり、見まわりにきた。アリーサは目をつむり、ねむっているふりをした。こわい夢《ゆめ》でも見たのとか、おうちに帰りたいのとか、聞かれるのがいやだったからだ。

看護師《かんごし》はまず、おばあさんたちのベッドを見まわり、それからアリーサのベッドのところへきた。

「強い子ね」

看護師《かんごし》のひとりが、ひそひそ声でもうひとりに話しかけている。

「どういう意味?」

「意識《いしき》をうしなっているのに、信じられないくらい指の力が強くて、あんなのはじめて見たわよ。この子、プールで助けられたときに、小さなガラスびんと羽根を一本、にぎりしめていたんだけどね。救急隊員も手をひらかせることはできなかったの。ここについてからようやく、ふたりがかりで、びんと羽根にまきついてる指をどうにかこうにか、はずしたんだから」

アリーサはもうすこしでベッドの上にはねおき、歓声《かんせい》をあげるところだった。じゃあ、びんと羽根は、ちゃんとこっちの世界に持ってこられたんだ!

「そのびんって、なにが入ってたの?」

「たいしたものはなにも。水じゃないかな。とくに変わったにおいはしなかったけど。休《きゅう》憩《けい》室《しつ》の流し台のところに、羽根といっしょにおいてあると思うわよ。あっちにいったら、すてちゃっていいわよ」

「この子にとって、たいせつなものだったら？」

そうよ、この世でいちばんたいせつなものなのよ。アリーサはさけびだしたい気持ちでいっぱいだった。

「ハッ！　ただのごみくずよ。子どもって、ときどき変なことを思いつくんだから」

看《かん》護《ご》師《し》たちは部屋をでていき、ドアをしめた。暗やみの中で、すっかり目がさめたアリーサは、どうしようかと考えていた。びんを取りもどさなくちゃ。今夜のうちに。いますぐ。

ベッドから音をたてずにそっとおきあがる。問題は、いまも手の甲《こう》にチューブが取りつけられていて、スタンドにぶらさがっている点《てん》滴《てき》液《えき》のパックにつながっていることだった。チューブを引きちぎるわけにはいかない。スタンドといっしょに動くしかなかった。さいわい、スタンドの足には小さなタイヤがついている。点《てん》滴《てき》中の患《かん》者《じゃ》でも、トイレにいったりする必要があるからだ。

アリーサは念のために、ナイトテーブルからガラスのコップを取って、パジャマのポケットにすべりこませた。もしかして、武器《ぶき》になるものが必要にならないともかぎらない。

　スタンドを引っぱりながら、できるだけ静かに歩いていく。いびきをかいている人のわきをとおると、いびきの音がやんだ。アリーサは息をとめ、銅像《どうぞう》のようにその場でかたまった。やがて、さきほどまでと同じ、規則《きそく》ただしいいびきが聞こえはじめ、アリーサはほっと息をついて、また歩きだした。

　部屋のドアから、ろうかのようすをうかがう。だれもいない。どういけばいいかはわかっている。

アリーサはコーヒーのにおいのするほうをめざした。休憩室《きゅうけいしつ》のドアはすこしあいていて、夜間勤務《きんむ》の看護師《かんごし》のひとりがちょうど流し台のところに立っているのが見えた。手にはアリーサのガラスびんを持っている。それを光にかざし、コルクのふたをあけて、においをかいでから、なかみを排水口《はいすいこう》にすててしまおうとびんをかたむけた。

あまりの恐怖《きょうふ》に、思わず小さなするどい声がアリーサの口からとびだした。看護師《かんごし》は手をとめて、変ね、という顔であたりを見まわしている。アリーサはろうかのかべにぴったり体をくっつけていて、見つからずにすんだ。看護師《かんごし》がよそをむいたとき、アリーサはすばやくドアの反対側に移動《いどう》し、ポケットからコップを取りだすと、ろうかのつきあたりに向かって、できるだけ遠くをめがけて投げた。ガラスのコップはガシャンと音をたててわれた。

看護師《かんごし》が休憩室《きゅうけいしつ》から出てくる。ドアがあけられ、アリーサの体はちょうどドアのかげにかくれた。ドアの金具のすきまから、看護師《かんごし》がおどろいたようすで左右を見まわし、それからガラスの破片《はへん》がとびちっているほうへ大またで歩いていくのが見えた。

アリーサは点滴《てんてき》スタンドといっしょに休憩室《きゅうけいしつ》にすべりこむと、なみだを集めたガラスびんと羽根を流し台からさっと取りあげた。なみだはまだ、ちゃんとびんの中にある。びんのふたをしめ、羽根といっしょにポケットに入れた。

アリーサはろうかに出たが、もう看護師《かんごし》を避《さ》けることはできなかった。しかし作戦はたてであった。両手を前につきだして、目をつむり、ねむったまま歩きまわっているふりをすればいい。

「あらあら」看護師《かんごし》はなにか考えているような声でそういうと、アリーサの肩《かた》に手をおいた。「自分のベッドにもどって、やすみましょうね」

アリーサは、ダンスして、ばんざいをさけんで、大喜びしたくてたまらなかった。大成功！　わたしってヒーロー！

看護師《かんごし》はやさしく、安全にアリーサをベッドまでみちびき、アリーサが横になるのを助けて、毛布《もうふ》もかけてくれた。そして、アリーサの髪《かみ》をそっとなでながら、小さな声でこうささやいた。

「あのびんと羽根、やっぱりたいせつなものなんじゃないかなって、思ってたのよ。ぐっすりおやすみなさい」

24 一枚《まい》の絵

アリーサは学校の食堂にいて、催眠術《さいみんじゅつ》にかかった人みたいに身動きもせず、となりのテーブルにいるメリをみつめていた。緊張《きんちょう》のあまり、食事に手をつけることもできない。ウィンナソーセージ入りのソースとマッシュポテトが、お皿の上でさめていく。

アリーサがひたすらみつめているのは、水をついだメリのコップだった。

メリはまだ、ひとくちも飲んでいない。食堂の列にならんでいるとき、アリーサはメリのコップに、リリのなみだをこっそりそそぐことに成功した。大声でこんなふうにさけんで、メリやほかの子の注意をそらしたのだ――「あれ見て！　校長先生のズボンがずり落ちてる！」

みんなからひどくじろじろ見られたし、「ちっちゃい子みたい」とか「あの子おかしいんじゃない」とささやかれていたと思う。

だけどアリーサは気にならなかった。メリがコップの水を飲みほしたら起きるはずのことにくらべたら、ほかのことなんかどうだってよかった。

アリーサが退院《たいいん》してから三日がすぎている。一日だけ家でやすんで、それから学校にもどった。学校でのアリーサは、とつぜんものすごく注目される存在《そんざい》になっていた。

だれもかれもが（メリはべつにして）アリーサと話をしたがったし、おぼれて死にかけたときどんな感じだったか、どうやって生きかえらせてもらったのか、聞きたがった。だれかが特別な経験《けいけん》をしたら、その経験《けいけん》をすこしでもわけてほしいと、みんな考えるものなのだろう。

しかし、みんなの熱はすぐにさめるとアリーサにはわかっていた。いまでさえ、みんなが自分から聞きだしたいことはもうなにもないみたいだな、と感じる。おぼれて死にかけた経《けい》験《けん》をしても、アリーサはかみなりに打たれたように人が変わったわけじゃなく、すごい人にもいい人にもなっていない、とわかると、みんながっかりしたのだ。

みんなはアリーサと友だちになりたかったのではない。死にかけた子を知ってるんだ、と自慢《じまん》したかっただけだ。そんな友だちはいらないとアリーサは思う。アリーサの願いは、親友を取りもどすことだ。

そういうわけで、アリーサはメリのコップをじっとみつめながら、心の中ではくりかえし

こうさけんでいた――〈飲んで！　飲んで！　飲んで！　飲んで！〉

「ちょっと、感じ悪いわね、じろじろ見るのやめてくれない？」

メリのとなりにすわっているレンニが、かみつくようにアリーサにいった。

メリはゆがんだほほえみをうかべると、こういった。

「見たいんなら、見せとけばいいわよ。あの子、食べかたもわからないくらい頭がからっぽなのかも。わたしがお手本を見せてあげる」

メリはウィンナー入りのソースとマッシュポテトをフォークに取り、ていねいなしぐさで、ゆっくりと口にはこんだ。それから、これでもかというくらい何度もかんだ。そのあいだ、メリの目はずっとアリーサの目をじっと見ていて、そのまなざしは切りさくように冷たく、いじわるだった。

やがてメリはコップを口元へ持っていった――世界中の時間がとまったかのように、アリーサには感じられた。

こんなにこわいと思ったことも、こんなに強くなにかを望んだことも、アリーサはこれまで一度もなかった。女王リリの雪の射手《しゃしゅ》や氷の魔物《まもの》と戦ったときでさえ、こんなにこわくはなかった。海の怪物《かいぶつ》の口に飲みこまれかけたときでさえ。この瞬間《しゅんかん》に、すべての答えが出るかもしれない。ほんとうに成功したのか、それとも失敗だったのか、それがついにわかるときがきたのだ。

アリーサの目の前に、未来の風景が広がった。

メリともう一度親友どうしになれたら。そうしたら、おたがいの家にとまりあったり、ふたりで森へハイキングにいったり、夜おそくまでおしゃべりしたり、夏には雨のふる湖でよいだり、いっしょに物語をつくったり、森の野イチゴや野生の木イチゴをじゅんぐりに草のくきにさしたり、声をあげて笑いころげたり――。たとえそばにいなくても、自分のことをわかってくれて、自分の話に耳をかたむけてくれる人がちゃんといる、自分はこの世界でひとりぼっちじゃない、そう感じられるすべての瞬間《しゅんかん》。

けれど、もうひとつの未来も見えた。

なみだが鏡のかけらをとかせなかったら。そのときは、メリのまなざしは冷たいままで、いままでと同じように意地の悪いしゃべりかたをして、アリーサはひとりぼっちのまま取りのこされてしまう。メリと出会う前よりも、もっと大きな孤独《こどく》の中に。

メリはコップの水を、わざとらしくゆっくりと飲んでいる。やがてコップをテーブルにおいた。

なにが起きる――？

メリが目をとじた。その体がふるえだす。汗《あせ》が流れだす。いすがひっくりかえり、メリはゆかにくずれおちた。みんながかけよってくる。アリーサは力ずくでみんなをかきわけ、メリのそばにいった。

「あんた、頭おかしいんじゃないの、いったいなにしたのよ？」エッリがアリーサにどなった。「メリに毒でものませたの？」

みんなのどなり声も、あたりのさわぎも、アリーサの耳には入らなかった。アリーサはただメリだけを見つめていた。

メリの体のふるえは、はじまったときと同じように、すぐにおさまった。メリが目をあける。大きな、きらきらひかるなみだのつぶが、そのほほを伝《つた》いおちた。これまでと変わらない、緑色の目。世界でいちばん美しい緑の目。ただ、氷のきらめきは消えていた。

アリーサはメリに手をさしだした。メリはその手を取って、にっこりとほほえんだ。メリの手は、ほほえみと同じくらい、あたたかかった。

「アリーサ」メリがささやき声でいう。

アリーサはメリの緑色の目をじっとのぞきこんだ。わたしのこと、わかってくれてる？

「思いだしたの？」

アリーサがきくと、メリはうなずいた。

「思いだしたわ。なにもかも」

アリーサはメリの手をにぎりしめて、ほほえみかえした。


アリーサとメリがアートギャラリーに入ると、鈴《すず》が手まねきするように鳴った。メリが記憶《きおく》を取りもどした、つぎの日のことだった。

前の晩、ふたりはいつまでもおしゃべりをつづけた。アリーサはシスターランドでの冒険《ぼうけん》について語り、メリはこれまでの態度《たいど》をゆるしてほしいとあやまった。

「メリのせいじゃないよ。べつの人になっていたのと同じだもの」

「それでもやっぱり、アリーサにひどいことをしちゃったよね」

メリはためいきをついて、首をふった。

「でも、よかった。リリとアンナほど長いこと、けんかをつづけなくてすんで」

アリーサはそういったのだった。

アンナは、ブレスレットをシャラシャラと鳴らしながら、腕《うで》を大きくひろげてふたりを歓《かん》迎《げい》してくれた。

「ふたりそろってきてくれるなんて、うれしいわね！　とくにあなたに会えてうれしいわ、メリ。あなたのことは、アリーサからすてきな話をたくさん聞いているのよ」

メリはちょっぴり顔をあからめた。アンナはチョコレートケーキとレモンソーダを用意してくれていて、自分で絵をつけたというお皿からケーキをとりわけ、すすめてくれた。お皿のふちにはキツネが走っている。

アリーサはアンナに、シスターランドでの出来事を話してきかせた。リリのようすと、リリのことばをつたえると、アンナは泣きだした。

「ああ、ふたりとも」アンナはすすりあげながらいった。「リリがいまでもわたしのことを〝心の友《ソウルシスター》〟と思ってくれているなんて。それを聞かせてもらうのがわたしにとってどんなにたいせつなことか、きっとわからないでしょうね」

「これ、リリからあずかってきました。わたしてほしいって」

アリーサはそういって、クフ・ローの羽根をアンナにわたした。

「まあ、きれい」

羽根を見るなりアンナがいった。

「ただの羽根じゃないんですよ」メリが説明をはじめる。「これを使えば、好きなときにシスターランドへいってこられるんです」

アンナは考えこんだようすで、手にした羽根をくるくるとまわしている。

「あの世界がどうなっているか、見にいってもいいころかもしれないわね。そうよ、そろそろ……。クフ・ローにも、たまには気分が変わるように、読書会用のべつな本を持っていってあげてもいいし……」

アンナはうっとりした表情《ひょうじょう》をうかべて、目をとじた。アリーサとメリはほほえみあった。

やがてアンナは物思いからさめ、こういった。

「そうそう、わすれるところだったわ！　わたし、新しい絵をかいたのよ」

アンナは奥《おく》の部屋から一枚《まい》の絵を持ってきた。ふしぎの花園の大きなオークの木がえがかれていて、枝《えだ》にクフ・ローがとまっている。絵のすみのほうで夢織《ゆめお》りたちが夢《ゆめ》を織《お》っていて、風の子たちは空を飛びかい、ステンオレントが見張《みは》りをしている。すべての住人たちが、トビハネやなぜなぜ花まで、みんなそこにいた。

絵のまんなか、オークの木の根元には、ふたりの女の子が立っている。そのすがたはアリーサとメリにそっくりだった。

アンナはやさしい目をふたりに向けて、こういった。

「この絵をあなたたちにプレゼントしたいの。絵の題名は、〈シスターランドよ〉」

訳者《やくしゃ》あとがき

アリーサとメリの物語、いかがでしたか？　これはふたりの、シスターランドという別世界での冒険《ぼうけん》物語であり、かけがえのない友情《ゆうじょう》を守るための、戦いの物語でもあります。

物語の中で、アリーサとメリがつぎつぎとあらわれる敵《てき》に立ちむかうすがたには、負けるな、と声援《せいえん》をおくりたくなりますが、ふたりは目に見えない困難《こんなん》との戦いも経験《けいけん》します。ちょっとしたことでけんかになり、ふたりの気持ちがすれちがってしまうこともあります。だれよりも自分の気持ちをわかってくれると思っていた友だちから、つめたい目をむけられたときの悲しさやつらさを、がまんしなければならないこともあります。ふたりはどうやってそれを乗りこえるのでしょうか。遠くはなれていても心が通いあう、ほんとうの友だちとは、どんな存在《そんざい》なのでしょうか。

物語の主人公はアリーサとメリだけではありません。リリとアンナ、ずっとむかしに小さな女の子だったこのふたりもまた、本の中で重要な役割《やくわり》をはたします。アリーサとメリ、リリとアンナ、それぞれの物語がひとつになるとき、もっと大きな、世界を救うほどの力を持つ物語が、この本を読むみなさんの前にすがたをあらわします。

この本にはまた、もうひとつの世界の住人である、魅力的《みりょくてき》な生き物がたくさん登場します。なかでも、あるときはトンボ、あるときはオオカミに変身するスデンオレントは、堂々たる風格《ふうかく》があって、別世界の王者のよう。また、強さとやさしさでアリーサたちを守ってくれるドラゴンのアイ＝ラは、その背《せ》に乗って空を飛んでみたいと思う人が多いのではないでしょうか。さらに、とぼけたことばかりいう鳥のクフ・ロー、風の子や夢織《ゆめお》りに船乗りキツネ、ほかにも名前だけしか出てこないさまざまな生き物がいますが、そのすがたはさし絵にちゃんとえがかれています。すばらしい絵の中にどんな物語がかくされているか、ぜひさがしてみてください。

アリーサとメリの家があるのは、フィンランドという国です。地図をひろげてみるとわかりますが、フィンランドの位置はヨーロッパの北の端《はし》で、国土の三分の一ほどが北極圏《ほっきょくけん》にふくまれています。そのため冬の寒さがたいへんきびしく、真冬にはほんとうに気温がマイナス二〇度くらいまで下がる日も、めずらしくはありません。一方、夏は短いけれどすばらしい季節で、人々は湖や海でおよいだり森を散歩したり、自然のなかでゆったりと夏休みをすごします。そんなフィンランドの夏の美しさが、そのままシスターランドの〝ふしぎの花園〟の風景に、とりいれられているように思います。アリーサとメリが、森でつんだ野イチゴや木イチゴの実を草のくきにさしている場面がありますが、これはフィンランドの子どもたちにとって、夏のうれしいお楽しみです。フィンランドはシスターランドとちがい、ステンオレントの助けを借りなくても、いってくることができる国です。どんなところか気になったら、本やインターネットで調べてみてください。わたしたちが暮《く》らしているこの地球上にも、シスターランドに負けないくらいすてきな国が、たくさんあるんですよ。

ところでみなさんは、この本のはじめのページで、『不思議の国のアリス』、『秘密《ひみつ》の花園』、『雪の女王』という三つの物語が紹介《しょうかい》されていることに気づいたでしょうか。三つとも、世界じゅうで長く愛されてきた作品です。穴《あな》に落ちて別世界にまよいこんでしまったアリス、秘密《ひみつ》のとびらのむこうになぞめいた花園を見つけだすメアリ、つめたく美しくおそろしい雪の女王に出会ったなかよしのゲルダとカイ。なんだか、アリーサとメリの物語に、にていますよね。その三つの物語なら知っているという人も、まだ読んだことがない人も、ぜひこの機会にこれらの本を手にとってみてください。そこからまた、はてしなくひろがる物語の世界への新しい旅が始まるでしょう。アリーサとメリの物語を書いたサラ・シムッカさんも、きっとよろこぶと思います。

そして、この本を読み終えたあと、アリーサとメリ、リリとアンナ、それにシスターランドの住人たちがどうしているか、そんなことにも想像《そうぞう》をめぐらせてみてください。みなさんが新たな物語を見つけだせるかぎり、シスターランドの物語はいつまでも終わらずにつづくことでしょう。

二〇一八年二月

古市　真由美

作＊サラ・シムッカ（Salla Simukka）
フィンランドのタンペレ出身。作家。2013年に“Jäljellä”と続編“Toisaalla”（ともに未邦訳）でトペリウス賞を受賞し、注目を集める。ヤングアダルト向けの読み物「ルミッキ」3部作（西村書店）は50か国以上で翻訳出版された。初めての児童向け読み物となる本書で「子どもたちが選ぶルク・ヴァルカウス賞」を受賞した。

絵＊サク・ヘイナネン（Saku Heinänen）
イラストレーター、グラフィック・デザイナー、書体デザイナーとして活躍。アールト大学でグラフィック・デザインを教える。少女ザイダを主人公とする児童向けの読み物3部作（未邦訳）では文と絵を手がけ、フィンランディア・ジュニア賞やアーヴィド・リーデッケン賞の候補になるなど好評を博した。

訳＊古市真由美（ふるいち まゆみ）
フィンランド文学翻訳。訳書にシムッカ「ルミッキ」3部作（西村書店）、キンヌネン『四人の交差点』（新潮クレスト・ブックス）、サンドベリ『処刑の丘』（東京創元社）、ディークマン『暗やみの中のきらめき 点字をつくったルイ・ブライユ』（汐文社）など。共著に『多文化に出会うブックガイド』（読書工房）。

ふしぎの花園　シスターランド

2018年4月2日　初版第1刷発行

作＊サラ・シムッカ

絵＊サク・ヘイナネン

訳＊古市真由美

発行者＊西村正徳

発行所＊西村書店 東京出版編集部
〒102-0071 東京都千代田区富士見2-4-6
Tel.03-3239-7671　Fax.03-3239-7622
www.nishimurashoten.co.jp

印刷・製本＊中央精版印刷株式会社
ISBN 978-4-89013-989-7　C8097　NDC993